KB236353

영화, 나의 멘토가 되다

이 도서의 국립중앙도서관 출판시도서목록(CIP)은 e-CIP홈페이지(http://www.nl.go.kr/ecip)에서 이용하실 수 있습니다(CIP제어번호: CIP2012001457).

영화, 나의 멘토가 되다

삶에 지친 나를 도닥이는 34가지 영화 이야기

| 박창욱 지음 |

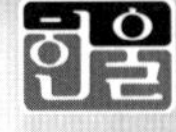

2011년 여름의 끝자락. 큰 결심을 하고 휴가를 일주일 냈다. 강원도로 떠났다. 침엽수가 울창한 숲 속 길을 '놀맨놀맨' 걸었다. 계곡 사이로 흐르는 물소리가 상쾌했고 숲 사이로 부는 바람에 행복했다. 내 마음속에 찌들었던 피로까지 씻어주는 것 같았다. 마누라 친구네 부부처럼 유럽 같은 곳으로 가지 않아도 충분했다. 남들이 부러워할 호사스러운 관광이 아니어도 괜찮았다. 시간이 느릿느릿 간다는 그 여유로운 느낌만으로도 충분히 좋았다.

"잘 쉰다는 의미는 '숨을 쉰다'는 것과 같다. 일한 뒤에 잘 쉬지 않고 '삶에 대한 호흡'을 희생시키면 일찍 죽는 것밖에 남지 않는다." 여가학자인 김정운 명지대 교수의 주장이다. 그의 말대로 긴 인생에는 분명 여러 개의 크고 작은 쉼표가 필요하다. 혼자 이른 아침에 동네 뒷산을 유유자적 산책하거나, 친구들과 술 한잔하며 시답잖은 농담에 킥킥대거나, 물 좋고 공기 좋은 자연으로 떠나 게으름을 실컷 즐기거나……. 이처럼 삶에 쉼표를 찍는 방법은 사람마다 매우 다양한데 내 경우에는 오랫동안 영화가 그 역할을 했다.

영화는 혼자 봐도 그 나름의 재미가 있지만 마음 맞는 사람과 함께 보면 더 좋다. 일상에서 크게 벗어나지 않은 채 2시간 정도만 투자하면 전혀 다른 삶과 새로운 세계를 맛보게 된다. 물론 영화 속 이야기는 현실 속에 있지 않다. 하지만 세상에서 일어날 수 있는 온갖 일들이 오롯이 녹아 있다. 그 다양한 스토리가 주는 즐거움은 우리 삶을 더 풍부하고 재미있게 해준다.

문화기획부에서 근무하던 시절, ≪머니투데이≫ 내에서 '성공학'이라는 서브 사이트를 새로 만들어 운영한 적이 있었다. 여러 분야의 전문가를 필자로 섭외해 리더십, 경력관리, 건강, 여행 등 다양한 분야의 콘텐츠를 다뤘다. 그러다 보니 남의 글만 실을 게 아니라 내 글을 내가 운영하는 사이트에 실어보고 싶었다.

저자 소개에도 잠깐 밝힌 것처럼, 별다를 것 없었던 내 인생에서 가장 콘텐츠가 풍부했던 시절은 친구들과 영화를 보러 다니던 때였다. 그 당시 영화를 보고 나서 친구들과 여러 가지 주제로 수다를 떨었던 것처럼 영화 속에 담긴 삶의 여러 측면에 대한 생각을 정리해보고 싶었다. 그렇게 해서 무작정 '영화 속의 성공학'이라는 타이틀로 칼럼 연재를 시작했고 이후 인사발령이 나기까지 3년 동안 이어갔다.

글을 쓰면서 전문적인 영화 평론가 스타일을 흉내 내는 것은 피했다.

영화, 나의 멘토가 되다

철학이나 미학적 관점은 기실 나로서도 별로 아는 게 없다. 대신 사회인의 일반적인 눈높이에서 영화를 바라보되, 좀 더 다른 시각으로 등장인물의 삶을 바라보려 노력했다. 흥행작보다는 기억에 남았던 '내 인생의 영화' 위주로 소재를 삼았다.

글을 연재하면서 독자들이 다는 댓글을 보는 재미가 쏠쏠했고, 가끔 오는 독자의 격려 이메일은 내 삶의 윤활유가 되었다. 이 책은 3년간 연재한 칼럼을 주제별로 추리고 다시 글을 다듬어 엮은 것이다. 이 책을 통해 영화 속 등장인물들이 보여주는 다양한 삶의 모습 속에서 바람직한 삶과 진정한 행복, 성공의 의미에 대해 함께 생각해보는 시간을 가져볼까 한다.

이 책이 나오기까지 격려해주신 ≪머니투데이≫ 선·후배 동료들에게 감사드린다. 또 책의 출간을 결심해주신 도서출판 한울의 김종수 대표에게도 감사드린다. 특히 항상 믿어주는 아내에게 고맙다는 말을 전한다.

사족. 아무리 생각해도 하나뿐인 늦둥이 아들에게 큰 재산 물려줄 재주는 없는 듯해서 몇 년 전 마음을 '쿨'하게 바꿔먹었다. 돈 대신 제 아비 이름 석 자가 박힌 책 5권을 남겨주기로 결심했다. 이 책으로 목표의 6할은 달성하게 되었다. '아들에게 면목은 서는구나'라는 못난 안도감이 든다.

2012년 3월
박 창 욱

차례

영화, 나의 멘토가 되다

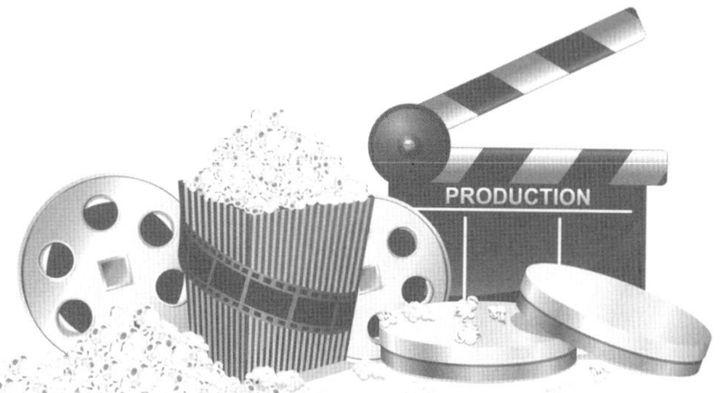

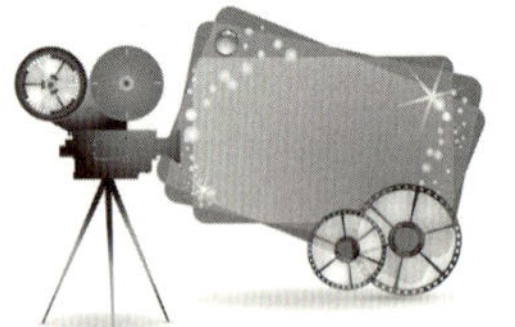

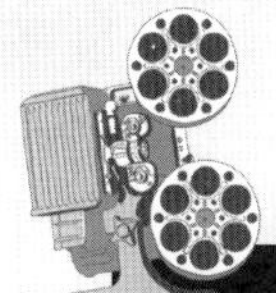

제1부 | 멋있는 사랑을 하려면

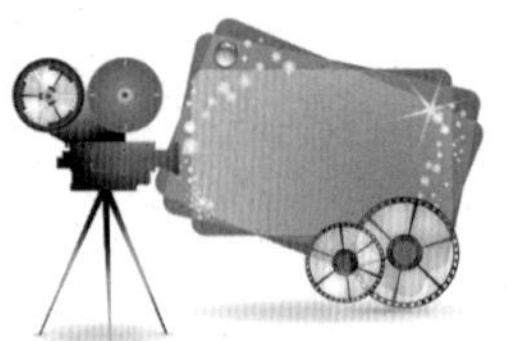

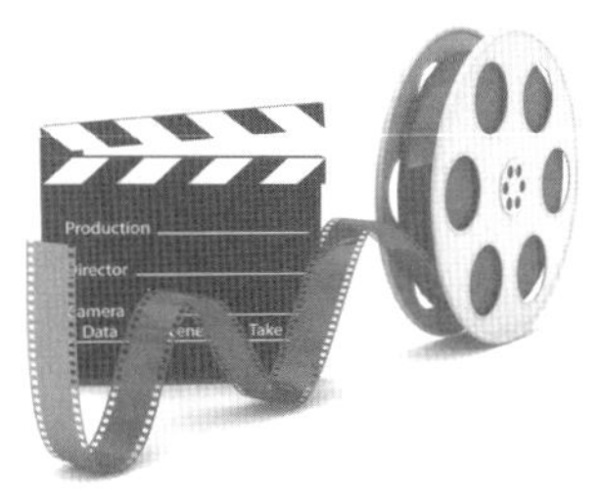

01

연애를 잘하기 위해 꼭 알아둬야 할 7가지

〈러브 액추얼리〉

♯1 프롤로그: 사전 경고문

독자 여러분께서 이 글을 보시기 전에 미리 드릴 말씀이 있다. 다음 나열한 항목에 해당하는 분들은 이번 장을 과감하게 넘기셔도 좋다.

■ 영화 〈러브 액추얼리〉를 아주 감동적(?)으로 본 분

■ 순수한 사랑이 지상 최고의 가치라고 생각하는 분

■ 보수적인 애정관을 가진 분

■ 아직 명확한 이성관이 형성되지 못한 청소년

♯2

〈러브 액추얼리〉에는 여러 커플이 펼치는 다양한 형태의 사랑 이야

13

기가 나온다. 하도 여러 인물이 나오다보니 배역의 중요도를 따지기가 어렵다. 따라서 내 나름대로 뽑아본 연애원칙을 무작위로 배열해 이야기를 풀고자 한다.

❶ 용기 있는 여자가 능력 있는 남자를 얻는다

첫 번째로 영국 수상과 그의 비서 나탈리 커플의 이야기부터 시작하자. 표면적으로 볼 때 이 커플이 주는 교훈은 거창하기까지 하다. 사랑이 애국심 같은 숭고한 가치보다도 우선한다는 점이다.

수상은 비서 나탈리를 마음에 두지만 자신의 위치 때문에 자제한다. 아니, 그런데 엉뚱한 선수가 머리를 들이민다. 첨예한 외교문제를 논의하기 위해 방문한 미국 대통령이 나탈리에게 추파를 던진다. 주먹을 한 방 먹여버리고 싶은데 점잖은 신사 체면에 화를 낼 수도 없는 노릇이다. 수상은 기자 회견에서 과감히 영국의 자존심을 거론하며 순순히 미국에 협조하는 것을 거부한다. 하지만 그것은 자신이 마음에 둔 여자를 건드리는 다른 수컷에 대한 응징이기도 하다.

오호, 위대한 사랑의 힘이여. 그러나 이보다 더 중요한 사실이 있다. 미래 사회는 여성 상위, 더 나아가 여성 우위 사회가 될 것이란 관측이 대세다. 그럼에도 여전히 남녀관계에서 대부분의 여성은 남성의 프러포즈를 기다리는 소극적인 자세를 유지한다.

그러나 여기 비서인 나탈리를 보라. 과감히 먼저 유혹의 멘트와 눈길을 던진다. 자신의 굵은 허벅지에도 절대 주눅 들지 않고서. 또 비서를 떠나 일하는 부서가 바뀌었는데도 사랑고백을 담은 필살의 카드로 수상의 마음을 사로잡는다. 마음이 붕 뜨고 외로움을 타게 되는 크리스마스 때를 이용해서 말이다.

용감한 자가 미인을 차지한다 했다. 그건 여자의 경우도 마찬가지다. 용감한 여자가 능력 있는 남자를 차지한다. 여자들이여, 마음에 드는 남자가 있는가. 과감히 고백하고 대시하라. 예전 어떤 플레이보이의 이야기가 생각난다.

그는 이성을 꾀는 것처럼 저위험, 고수익low risk, High return인 일도 없다고 했다. 고백했다 거절당하면 잠깐 창피할 뿐이고, 만약 성공하면 멋진 애인을 얻게 되니 이렇게 남는 장사가 어디 있느냐는 얘기였다. 그러니 여성들도 마음을 적극적으로 고쳐먹어 보는 게 어떨까 싶다.

❷ 여자마다 원하는 것은 다 다르다

회사를 경영하는 해리와 수상의 여동생인 캐런. 이 부부의 이야기는 나에게 심오한(?) 가르침을 주었다. 우선 건전한 관점에서부터 시작하자. 단란한 가정을 이루고 사는 해리 - 캐런 부부는 서로에게 더는 새로울 것이 없는 오래되고 평온한 부부다.

남편 해리는 그래도 기업체를 운영하는 능력 있는 사장이며, 아이와 남편은 물론 오빠와 친구까지 살뜰하게 챙기는 캐런은 전형적인 현모양처다. 그런데 해리에게 매력적인 여직원의 유혹이 찾아오고 무뚝뚝한 해리에게도 뒤늦은 로맨스의 감정이 싹튼다.

해리가 여직원에게 선물하려고 준비한 하트 목걸이를 발견한 캐런. 그러나 당연히 자신에게 돌아올 줄 알았던 목걸이 대신 그녀에게 주어진 것은 음악 CD뿐이다. 정말 속상할 일이다. 그래도 캐런은 화를 내며 난리를 피우지 않는다. 혼자 눈물을 삭이고 남편에게 차분히 항의한다.

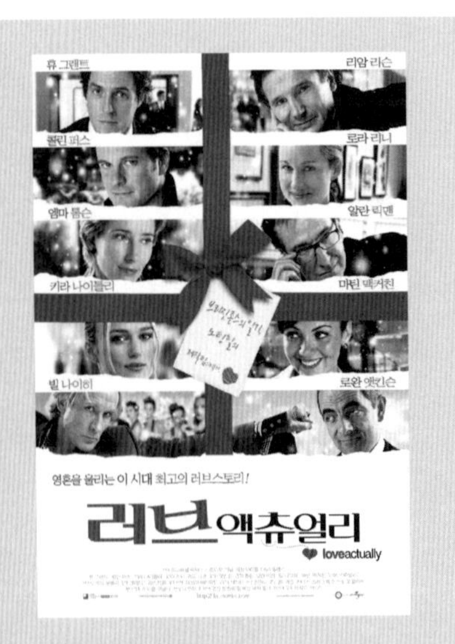

〈러브 액추얼리Love Actually〉
감독 리처드 커티스
주연 앨런 릭맨, 빌 나이, 콜린 퍼스,
      에마 톰슨, 휴 그랜트, 로라 린니
제작 연도 2003년
러닝 타임 134분

지혜로운 그녀는 침착한 대응으로 마음이 흔들리던 남편을 다잡고, 자칫하면 깨질 수도 있는 가정을 지켰다. 하지만 이 정도 얘기로 심오하다는 표현은 쓰지 않는다. 다시 뒤집어 생각해보자. 여직원이 해리에게 원한 것은 하트 목걸이가 아니었다. 중년의 중후한 멋을 풍기는 해리와의 달콤한 데이트였다.

해리가 준 하트 목걸이를 받았지만 그녀는 가족과 시간을 보내고 있는 해리를 차지하지 못하고 외로운 크리스마스를 보내게 된다. 반면 아내 캐런은 일상적인 생활이 아닌 새로움을 줄 무엇인가가 필요했다. 그런 그녀에게 심드렁한 남편이 주는 하트 목걸이는 얼마나 낭만적인 감동이겠는가.

그런데도 해리는 두 여자에게 필요한 것을 서로 바꾸어 주었다. 그 어리석은 행동은 어설프게 들키기까지 해서 큰일 날 뻔하기도 했다. 다행히 아내가 멋진 여자 캐런이었기에 망정이었지. 만약 해리가 여직원

영화, 나의 멘토가 되다

에게는 자신의 시간을, 아내 캐런에게는 또 다른 로맨스를 줬다면 그는 두 여자의 사랑을 동시에 받을 수 있지 않았을까. 도덕적 관점을 떠나 멋진 연애를 하려면 상대방이 원하는 선물이 무엇인지 잘 파악해 대응해야 한다.

❸ 골키퍼가 있어도 골은 들어간다

이번에는 영화에 미처 다 나오지 못한 뒷이야기를 상상해서 만들어보자. 갓 결혼한 커플인 신랑 피터와 신부 줄리엣, 그리고 피터의 친구 마크의 경우다. 일단 영화 속으로 들어가자.

마크는 친구 피터의 결혼식을 그야말로 멋지게 꾸며준다. 결혼식장 여기저기서 ― 심지어 하객석에서도 연주자가 있다 ― 튀어나오며 벌어지는 축가 연주는 그야말로 환상적이다. 하지만 마크는 절친한 친구의 아내가 된 줄리엣에게 이미 마음이 꽂혀 있다.

사실 친구를 위해서라기보다는 그녀를 위해 결혼식 이벤트를 꾸몄는지도 모르겠다. 마크가 촬영한 온통 줄리엣만 나오는 결혼식 비디오 때문에 마크는 꽁꽁 숨겼던 마음을 줄리엣에게 들키고 만다. 며칠 후 문제의 유명한 장면이 나온다.

마크는 커다란 카드에 글씨를 써 줄리엣에게 아름답고도 위험한 고백을 한다. 감동한 줄리엣에게 키스를 받는 것으로 만족하는 마크. 그는 영화 속에서 건전하고 도덕적인 절제의 미덕을 보여준다. 여기까지가 영화 속 장면이다.

그러나 잘 생각해보자. 아무리 신혼이라도 진심은 통하는 법. 골키

퍼가 아무리 잘해도 결국 골은 들어가게 마련이다. 연애에서 포기란 없다. 1, 2년 세월은 흐르고 피터 - 줄리엣 커플에게도 권태기가 찾아온다. 줄리엣은 위안을 받고 싶어 마크를 찾아가고 둘 사이에는 미묘한 감정이 흐른다. 남편 피터도 은근히 다른 여자에게 관심을 갖게 된다. 카드 고백의 감동을 기억하는 줄리엣과 아직도 좋아하는 마음이 남은 마크. 무언가 이루어질 것 같지 않은가. 내 상상 속에서 마크는 줄리엣과 결국 이루어지고야 만다.

(여기서 잠깐. 다시 한 번 말해두자. 친구의 아내를 좋아하는 내용이 비도덕적이라 생각하는 분들도 있겠다. 하지만 명심하시라. 이 글은 도덕교과서에 나올 만한 그런 내용이 못 된다. 오로지 그리고 순전히 연애에 성공하기 위해 기억해둬야 할 사안만 적고 있을 뿐이다.)

❹ 중요한 순간에는 잠시 전화기를 꺼두자

사라에게는 정신병을 앓고 있는 남동생이 있다. 그 남동생은 위로받고 싶으면 늘 누나에게 전화한다. 그래서 사라는 전화기를 꺼둘 수가 없다. 결국 동생의 전화는 사라의 꿈같은 연애전선에 엄청난 훼방을 놓는다.

짝사랑하던 칼과 눈이 맞은 사라. 그와 꿈같은 하룻밤을 지내려는데 동생에게서 전화가 걸려온다. 달콤한 연애의 장밋빛 미래를 뒤로 하고 그녀는 동생에게 달려간다. 어휴, 정말 도움 안 되는 녀석 같으니. 이는 당연히 남동생 얘기다.

중요한 교훈이 보인다. 앞에서 사랑은 애국심에 우선한다고 했지만 가족문제까지 그렇게 표현하기는 힘들다. 공자께서도 충보다는 효가 우선한다 하지 않았나. 동생을 모른 척할 수 없지만 사실 그 순간에는 동생보다 사랑이 더 급하다. 만약 그녀가 전화기를 잠시만 꺼두었다면 그녀는 영화 줄거리 안에서도 이미 칼과 달콤한 사랑을 나누고 있을지도 모르겠다.

❺ 짚신도 짝이 있다. 애인이 생기려면 어떻게든 생긴다

너무나 사랑했던 아내를 잃은 대니얼. 여전히 아내가 그립고 그래서 슬프다. 그런 슬픔 속에서도 아내가 남긴 아들 샘(대니얼은 새아빠다)이 걱정이다. 그런데 샘은 어떤 여자아이에게 마음을 빼앗겨버렸다. 자식은 키워놓아 봐야 아무 소용없다. 샘도 양심에 찔리는지 새아빠에게 선뜻 털어놓지는 못한다.

대니얼은 샘에게 크리스마스 학예 발표회에서 멋진 연주를 보여 여자아이의 마음을 사로잡으라고 조언한다. 샘은 문도 걸어 잠그고 밤낮으로 드럼 치는 연습을 한다. 이 녀석, 연애를 잘할 수 있는 싹이 보인다.

샘은 결국 여자아이의 마음을 잡는 데 성공한다. 한편 세상을 떠난 아내를 그리워하는 불쌍한 새아빠에게도 사랑이 찾아온다. 대니얼은 자신의 이상형인 슈퍼모델 클라우디아 시퍼Claudia Schiffer라면 아내를 잊을 수 있다고 입버릇처럼 말하는데, 정말로 그녀를 닮은 여인이 나타난다.

아, 감독은 모든 싱글에게 희망을 준다. 아들 샘처럼 사랑을 얻기 위

해 노력해야 하는 경우도 있지만 아빠 대니얼처럼 어느 날 스르르 사랑이 찾아오기도 한다. 단지 원하기만 했는데도 말이다. '짚신도 짝이 있다'고 말씀하신 조상님들의 지혜에 새삼 고개가 숙여진다. 애인이 생길 사람은 어떻게 해도 생긴다. 모든 싱글들이여 희망을 가져보자.

❻ 꼭 자기 나라에서만 애인을 찾으란 법은 없다

세계화 시대다. 외국어가 필수라는 이야기는 이제 지겹기까지 하다. 외국어의 중요성은 연애에서도 마찬가지다. 소설가 제이미는 바람둥이 애인에게 배신당한다. 글을 쓰기 위해 프랑스를 찾은 그는 가정부 오렐리아를 만나게 된다. 오렐리아는 포르투갈 여인이다. 당연히 서로 말이 전혀 통하지 않는다. 그래도 제이미와 오렐리아는 묘한 사랑의 감정에 사로잡힌다. 사실 사랑을 말로 하는 것은 아니니까. 그래도 고백이나 청혼은 말로 해야 한다. 소설이 완성되고 영국으로 돌아간 제이미는 학원을 다니며 열심히 포르투갈어를 공부한다. 오렐리아도 영어를 공부하며 사랑을 기다린다.

제이미는 얼마 후 멋지진 않지만 진심 어린 청혼을 하고, 오렐리아도 그 청혼을 받아들인다. 사실 자기 나라에서만 애인을 찾으란 법은 없다. 세계화 시대에는 다양한 선택이 가능하다. 그러나 이 경우에도 외국어는 필수다. 아, 지겨운 외국어에서는 결국 도망갈 수 없나보다.

❼ 지피지기면 백전백승, 그다음은 과감한 실천

영국인 청년 콜린은 연애생활이 영 신통찮다. 늘 딱지 맞기 일쑤다.

콜린은 자신이 소극적인 영국 여자와는 잘 맞지 않는다고 생각한다. 그는 가진 돈을 털어 미국행 비행기 표를 산다. 적극적인 미국 여자와는 잘될 것이라 생각해서다.

또 미국 여자들이 영국인 억양을 좋아할 것이라는, 말도 안 되는 생각도 한다. 마치 서울 남자가 지방에 가서 서울말 하면 지방 여자들이 다 넘어온다는 얘기랑 마찬가지다. 그러나 놀랍게도 그는 미국에 도착하자마자 화끈한 밤을 보내게 되고 멋진 애인도 만든다. 영화 속 얘기니까 따지지는 말자. 교훈만 얻으면 된다.

콜린이 주는 교훈은 간단하다. 소제목에 쓴 것처럼 이성을 꾀기 위해서는 자신의 스타일을 잘 파악해야 한다. 그리고 그 스타일에 맞는 이성에게 과감하게 접근해야 한다. 그렇지 않으면 연애가 힘들다. 그렇다 해도 '난 그렇지 못한데'라고 실망할 것까지는 없다. 앞에도 얘기하지 않았나. 짚신도 제 짝은 있으니까.

♯3 사족

연애와는 큰 상관 없어 보이지만 한물간 가수 빌리와 그의 매니저 조의 이야기도 있다. 오랜 세월 우정을 나눠온 두 사람. 연말 음반 판매 순위에서 1위를 차지한 빌리에게 온갖 미인들의 유혹이 따르지만 빌리는 크리스마스를 오랜 친구와 함께 보낸다.

하지만 빌리의 경우에도 참고할 만한 사실이 담겨 있다. 물론 진실한 사랑은 아니겠지만, 또 순전히 남자 입장에서만 하는 얘기지만, 남자는 일단 잘나가고 봐야 한다. 다 늙은 가수에게도 늘씬한 미녀들이

꼬이는 것을 보면 말이다. 가슴 따뜻한 연애는 아니지만 잠시라도 즐겁기는 할 것 같다. 흐흐흐.

아무튼 얘기가 무지하게 길어졌다. 이제 마무리하자. 영화제목 '러브 액추얼리'는 "사실, 사랑은 어디에나 있다Love actually is all around"라는 문장에서 따온 것이라고 한다. 진실한 마음으로 어디에나 있다는 사랑을 잘 찾아보자. 그래서 세상 모든 싱글들의 옆구리가 시리지 않았으면 좋겠다.

영화, 나의 멘토가 되다

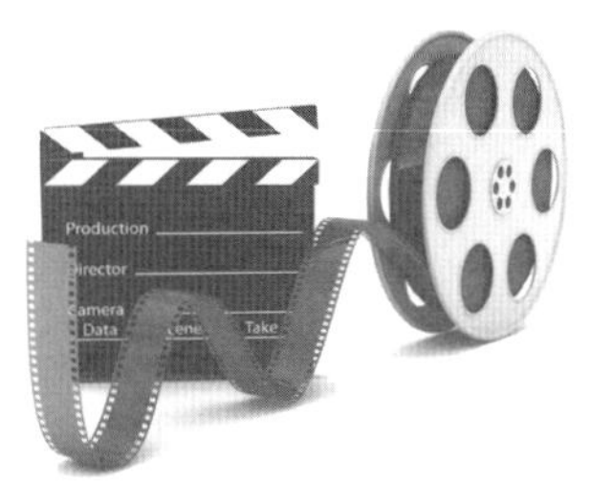

02

병사는 왜 공주를 떠났을까?

〈시네마 천국〉

#1

누구나 추억을 가지고 있다. 하지만 사람마다 추억의 의미는 모두 다르다.

어떤 사람들에게 추억은 매우 잔인하다. 아무리 잊으려 해도 결코 잊히지 않는다. 때로는 어제 느꼈던 기쁨조차도 오늘 겪는 가장 비참한 슬픔이 되는 경우도 있다.

어떤 사람들에게는 추억이란 아름다운 것이다. 이처럼 자신의 과거에 대한 기억을 즐길 수 있는 사람의 삶은 행복하다. 보통 여성들 가운데 이런 유형이 더 많은 것 같다. 그래서 시인 T.S. 엘리엇Thomas Stearns Eliot은 "남자는 망각으로 살아가고, 여자는 추억으로 살아간다"고 했던가. 여성들은 때로는 한발 더 나아가 추억을 삶의 에너지로 삼기도

23

한다.

왜 추억은 이렇게 아름다운 것이기도 하고, 때로는 잔인한 기억이 되기도 하는 걸까. 아마도 추억이 그저 추억으로만 머물러 있느냐, 아니냐의 차이가 아닐까 싶다. 사실 추억은 그 일이 일어날 당시에는 엄연한 현실이었다. 그저 아름답거나 로맨틱한 것만은 아니다.

그런 과거의 일들도 시간이 흐르면서 원래 묻어 있던 현실의 혹독함이 차차 벗겨져 나간다. 그때에야 비로소 추억이 되고 낭만이 된다. 추억이 아름다워지려면 그 추억에 매달려서는 안 되는 것 같다. 만약 과거의 추억에 매달린 채로 살아간다면 그 추억은 고스란히 지금도 꿈틀거리는 혹독한 현실이 되어버리고 만다. 버릴 수 있어야 그때, 추억은 제대로 추억이 된다.

다음은 영화 〈시네마 천국〉에서 알프레도 아저씨가 토토에게 들려준 이야기다.

옛날에 왕이 있었다. 어느 날 무도회를 열어 모두에게 궁을 개방했다. 병사는 그 무도회에서 아름다운 공주를 보고 사랑에 빠지고 말았다. 병사는 공주에게 사랑을 고백했다. 그러나 신분의 차이는 엄연했고 공주는 사랑을 받아들이지 않았다.

대신 공주는 병사에게 한 가지 조건을 내걸었다. 자신이 사는 성벽 아래에서 100일 동안 자신을 기다린다면 사랑을 받아들이겠노라고. 병사는 하염없이 기다렸다. 10일, 20일, 30일 …… 드디어 99일째가 되었다.

영화, 나의 멘토가 되다

공주는 병사의 정성에 감복했다. 내일이면 문을 열고 나가 드디어 병사의 사랑을 받아들이기로 했다. 다음 날 아침이었다. 병사는 떠나고 없었다. 다시는 돌아오지 않겠다는 말을 남기고서.

알프레도 아저씨는 토토에게 묻는다. "과연 병사는 왜 공주를 떠난 걸까." 알프레도 아저씨도 답을 모른다. 어차피 정답도 없는 문제다. 왜 병사는 공주는 떠났을까. 다들 한번 생각해보자.

＃2

대학교 다닐 무렵이다. 자취방에 영화를 좋아하는 친구 셋이 모였다. 가벼운 술 한잔에 영화에 관한 이야기꽃을 피웠다. 각자 지금껏 본 영화 가운데 최고의 영화 '베스트 5'를 꼽아보기로 했다.

공교롭게도 세 사람 모두 1순위로 〈시네마 천국〉을 꼽았다. 그 이유도 비슷했다. 사랑, 우정, 일, 추억, 가족 등 인생이 모두 녹아 있는 영화라는 평가였다. 영화는 힘들고 혹독한 현실에서 도망가지도, 그 현실을 괜스레 미화하지도 않으면서 담담하게 추억을 그려낸다.

이 영화는 엔니오 모리코네Ennio Morricone의 감미로운 주제음악으로도 잘 알려져 있다. 아마 많은 분들이 보았으리라 짐작된다. 혹시 못 본 분이라면 꼭 한 번 보라고 권하고 싶다. 사는 동안 적어도 한 번은 꼭 봐야 하는 영화라고 감히 말씀드린다.

참, 이 영화는 세 가지 버전이 있다. 원 개봉판과 '신新시네마 천국'으로 알려진 토토의 중년 이후 장면이 늘어난 버전, 그리고 디렉터스 컷

(감독편집본)이 있다.

어린 시절의 아름다운 추억 장면에 젖고 싶다면 원 개봉판이 좋을 것 같고, 사랑에 대해 생각해보고 싶다면 '신시네마 천국'이 더 나을 것 같다. 감독판은 두 번째 버전과 별 차이가 없다. 조금 더 분량이 길 뿐이다.

이 글에서는 토토의 인생을 좌우했던 엘레나와의 첫사랑에 대해 한 번 생각해보자. 먼저 못 본 분들을 위해 줄거리를 간단히 설명할 생각도 했다. 사실 대부분의 좋은 영화들은 대략의 줄거리를 알더라도 즐기는 데 별로 상관이 없다.

하지만 아무래도 본 분들에게는 사족이 될 것 같다. 그래서 대신 토토의 1인칭 독백 형식으로 글을 풀어갈까 한다. 물론 그 독백에는 악의 없는(?) 스포일러가 있고 그것에 나의 생각을 더했다.

♯3

어린 시절, 알프레도 아저씨는 내가 키스 장면이 담긴 토막 필름을 달라고 떼를 쓰자 이렇게 말씀하셨다. "토토, 이것은 분명 네 것이다. 하지만 내가 보관하고 있다가 나중에 때가 되면 돌려주마." 아저씨는 돌아가시면서 유품으로 내게 그 필름을 남겨주셨다. 난 그걸 돌려 보면서 비로소 아저씨의 깊은 뜻을 알게 되었다.

인생에서 때로는 가질 수 없어서 훨씬 더 의미 있고 가치 있는 것도 있다는 사실을. 또 지금 당장 손에 쥘 수 없어서 더 소중하게 느껴지는 것도 분명히 있다는 점을 말이다. 바로 첫사랑 엘레나가 내겐 그랬다.

영화, 나의 멘토가 되다

스무 살 시절의 내게 엘레나는 인생의 전부였다. 그녀만 있으면 온 세상을 다 가진 것 같았다.

하지만 세상은 녹록치 않았다. 부자인 엘레나의 부모님은 가난한 영사기사인 나를 반대했다. 그래도 엘레나는 나를 따라 함께 도망갈 줄 알았다. 그녀도 나를 사랑했으니까. 하지만 그녀는 나오기로 한 장소에 나오지 않았다. 세상의 전부였던 엘레나가 나를 버리다니. 나중에야 알프레도 아저씨가 약속 장소를 담은 쪽지를 가려 그녀와 내가 만나는 것을 방해했다는 사실을 알았다.

그렇지만 지금 아저씨를 원망하지는 않는다. 아저씨는 늘 나를 걱정하셨다. 내가 시골마을에 안주하는 것을 싫어하셨다. 더 큰 세상으로 나가길 바라셨다. "네겐 다른 일이 기다리고 있어, 훨씬 중요한 일이. 여긴 너에게 아무것도 주지 못해. 떠나라. 절대 향수에 빠져서는 안 돼. 만약 중간에 돌아오면 널 만나지 않겠다."

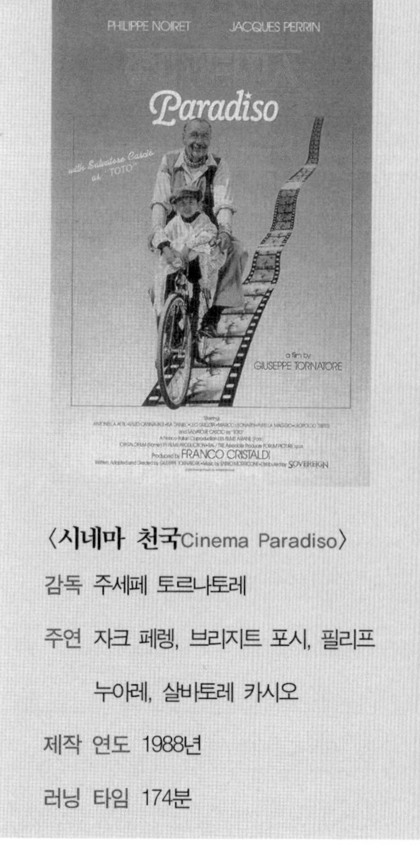

〈시네마 천국Cinema Paradiso〉

감독 주세페 토르나토레

주연 자크 페렝, 브리지트 포시, 필리프 누아레, 살바토레 카시오

제작 연도 1988년

러닝 타임 174분

아저씨는 시골마을에서 보낸 어린 시절이 더는 혹독한 현실이 아닌 아름다운 추억으로만 남을 수 있기를 바라셨다. "넌 여기에 사는 동안

제1부 | 멋있는 사랑을 하려면

여기가 세계의 중심인 줄 알 거야. 변하는 건 아무것도 없어. 그러나 2년 정도만 떠나 있으면 변한 것을 느끼게 되고 그다지 보고 싶은 사람도 없어지게 되지. 한 번 이곳을 뜨면 아주 오래 있다 와야 해. 그러다 귀향을 하면 친구들과 정든 땅을 느낄 수 있어."

하지만 난 어리석게도 오랫동안 고향을 싫어했다. 쓰라린 실연의 상처가 싫었다. 그래서 찾아가지도 않았다. 여자를 믿을 수 없었다. 당연히 사랑을 할 수 없었다. 대신 일에만 매달렸다. 나를 무시한 세상에 복수하고 싶었다. 유명한 영화감독이 되었다.

흔히 말하는 성공을 쟁취했다. 처음에는 순전히 내 노력만으로 얻어낸 성공인 줄 알았다. 그래도 난 행복하지 않았다. 사랑하지 못했으니까. 내게 고향의 기억은 아픔만 줄 뿐이었다. 세월이 흐르며 난 많은 것을 잊은 줄 알았다.

하지만 나중에서야 깨달았다. 나는 언제나 고향에 머물러 있었다는 사실을. 난 알프레도 아저씨의 사랑 속에서, 묵묵히 지켜보는 어머니의 배려 속에서, 영화를 사랑했던 어린 시절의 추억 속에서 머물러 있었다. 나의 성공은 바로 이런 것들 덕분이었다.

참, 아저씨는 이런 말씀도 해주셨지. "영사기 돌리는 일을 사랑하듯 무슨 일을 하든 네 일을 사랑하렴. 네가 작은 악마일 때처럼." 난 아저씨의 말씀대로 엘레나와 고향을 떠나 왔기에, 대신 영화감독이라는 내 인생을 얻을 수 있었다.

사실 오랫동안 사랑을 하지 못했던 것도 따지고 보면 순전히 내 탓이었다. 실연의 상처에만 빠져 과거에만 연연했다. 그랬기에 엘레나와의 열정적이었던 첫사랑은 아름다운 추억으로 자리 잡지 못했고, 오히려 그 기억은 내게 오랫동안 엄연한 현실로 이어졌다.

헤어졌던 기억이 아니라 순수하게 사랑했던 열정만 남겼으면 되는 것인데. 그랬다면 그 추억은 평생 내가 사랑할 수 있는 에너지가 되었을 텐데. 이제서야 알프레도 아저씨가 들려줬던 이야기에서 병사가 공주를 떠난 이유를 알 것 같다. 지금부터라도 사랑을 시작해야겠다.

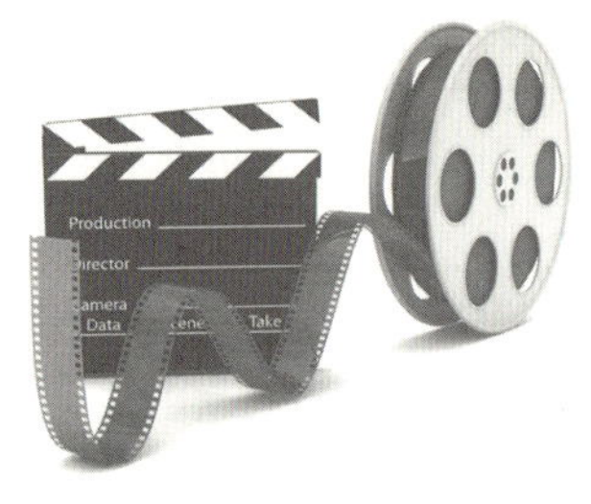

03

편견은 사랑을 방해한다

〈오만과 편견〉

#1

예전에 서점가에서 『블링크: 첫 2초의 힘』이라는 책이 꽤 인기를 끈 적이 있다. '블링크Blink'가 뭔 소리냐고. 쉽게 말해 '척 봐서 알 수 있어야 한다'는 뜻이다. 정보가 홍수를 이루고 있는 요즘, 일일이 재보고 따져보지 말고 자신이 느낀 대로 행동에 옮길 수 있어야 한다는 주장이다.

그래야 요즘 세상에서 경쟁력을 가질 수 있다고 한다. 그런데 주의할 점이 하나 있다. '블링크'라는 말에는 평소 지식과 경험, 그리고 사람 보는 눈을 잘 닦아둬야 한다는 전제가 깔려 있다. 중요한 것은 '눈 깜짝할 사이blink'에 결정한다는 문제가 아니라, 그런 능력을 가질 수 있도록 평소 갈고 닦아야 한다는 점이다.

무언가를 순식간에 결정하는 일은 결코 아무나 해서는 안 되는 행동이다. 오랫동안 쌓인 경험과 직관이 필요한 일이다. 그런데도 사람들은 '순식간'이라는 말이 주는 속도감에만 매료당하기 일쑤다. 사실 빨리 결정하는 것보다는 잘 결정하는 것이 훨씬 더 중요하다. 둘 중 하나만 골라야 한다면 당연히 후자다.

사람은 이성적이기보다는 감성적인 쪽에 훨씬 가깝다. 합리적이기보다는 감정적인 요소에 훨씬 더 큰 영향을 받는다는 얘기다. 그래서 우리는 자주 편견에 휩싸인다. 얼마 되지도 않은 자신만의 지식과 경험에 의해 사물과 사람들을 제멋대로 재단해버리곤 한다.

편견에는 명확한 논리나 이유가 없다. 척 보고선 그저 그렇다고 그냥 믿어버리는 거다. 그래서 편견은 무섭다. 더구나 사람들에게는 자기가 믿는 것이 절대 옳다고 여기는 나쁜 습관이 있다. 한 번 그렇다고 여긴 일을 쉽게 바꾸려고도 하지 않는다. 편견을 가지게 된 이유나 근거가 명확하지 않을수록 명확한 반대의 증거를 보여줘도 쉽게 받아들이지 않게 된다.

그래서 편견이 심해지면 때로 폭력이 되기도 한다. 아무리 옳은 일을 설명해도 이미 내가 그렇다고 믿어버렸기 때문에 도저히 설득할 수 없다. 특히 똑똑하다고 자부하는 사람일수록 정도가 더 심하다. 편견 때문에 알고 보면 괜찮은 사람과 함께할 수 없다는 것은 정말 불행한 일이다. "편견은 우리에게서 행복을 앗아가는 주범이다." 18세기의 여류 지식인 샤틀레 부인Madame du Châtelet의 말이다.

＃2

영화 〈오만과 편견〉은 제인 오스틴의 동명 원작소설을 바탕으로 만들어졌다. 영화 속 배경이 되었던 당시의 영국에서 여성에게는 변변한 직업도 재산권도 주어지지 않았다.

여성이 인생을 걸어야 했던 것은 당연히 결혼이었다. 따라서 영화의 표면적인 줄거리는 씩씩하고 아름다운 처녀가 귀족 집안의 사려 깊고 좋은 남자를 만난다는 신데렐라 스토리로 보인다.

그러나 단순히 그런 측면에만 머물렀다면 원작이 대표적인 문학작품으로까지 평가받을 수 없었을 거다. 영화로 만들어지지도 않았을 거고. 영화에는 다양한 인간 군상의 모습뿐 아니라 인생의 지혜가 소복이 담겨 있다. 특히 영화는 로맨스물이기 전에, 제대로 된 커뮤니케이션이 무엇인지에 관한 내용도 담고 있다. 일단 먼저 소설이나 영화를 보지 않은 분들을 위해 남녀 주인공에 대해 간단히 설명한다.

여주인공은 베넷 집안의 둘째 딸 엘리자베스. 그녀는 활달하고 솔직하며 사랑에 대한 확고한 가치관을 가진 멋진 여성이다. 하지만 그녀는

〈오만과 편견 Pride & Prejudice〉

감독 조 라이트

주연 키이라 나이틀리, 매슈 맥퍼딘, 브렌다 블레신, 도널드 서덜랜드

제작 연도 2005년

러닝 타임 128분

귀족 집안의 부자 청년 다아시를 처음 보고 그가 오만하다고 오해한다. 또 남자 주인공인 다아시는 모든 것을 냉철하게 이성적으로 바라보면서도 정작 자신은 제대로 드러내지 못하는 그런 인물이다.

자, 그럼 지금부터 다아시와 엘리자베스를 통해 우리가 흔히 빠지기 쉬운 실수에 대해 생각해본다. 먼저 다아시부터 시작한다.

＃3

다아시는 사실 상류층 여성들의 천박한 측면에 조금은 질려 있는 상태였다. 그는 너무나 조건이 완벽하다. 집안 좋고 돈 많고 잘생기기까지 했다. 여자라면 가히 욕심을 낼 만한 남자다. 하지만 여자들 대부분은 그를 이해하려 하기보단 그의 조건에 관심이 많다.

그래서일까. 다아시는 다른 사람들을 바라보는 태도뿐 아니라 삶의 방식이 너무나도 이성적이다. 그렇게 인간미 없어 보이는 냉철한 스타일은 그를 자신의 본모습과는 전혀 다른 오만한 사람으로 비춰지게 만든다. 속으로는 따뜻한 마음과 열정을 갖고 있으면서도, 그 스스로가 다른 사람들이 자신에 대해 오만한 사람이라는 편견을 갖도록 일정 부분 자초하고 있었던 셈이다.

더구나 사람은 자기보다 잘난 사람에게 콤플렉스를 가지게 마련이다. 이 대목에서 좀 더 냉정하게 이야기를 해보자. 완벽한 조건의 다아시가 자신에 대해 호의적이고 다정한 모습을 보여주지 않는다면 여성 대부분은 본능적으로 다아시의 결함을 찾아 험담을 하게 되어 있다.

(이 대목에서 잠깐! 꼭 설명하고 넘어갈 일이 있다. 이 이야기는 여성들을

제1부 | 멋있는 사랑을 하려면

비난하고자 하는 의도가 결코 아니다. 다아시의 실수에 관해 이야기하면서 남성인 다아시가 살 수 있는 오해에 관한 이야기를 하는 것이다. 즉, 다아시가 남성이므로 반대편의 여성에 관해 이야기하고 있을 뿐이다. 반대의 경우라도 마찬가지며, 이런 인간의 보편적 속성은 「여우와 신포도」 우화에서도 잘 나타난다.)

우리 조상님들이 남긴 교훈을 떠올리게 된다. '부자 몸조심'이라는 얘기 말이다. 잘날수록, 높은 자리에 있을수록, 더 다정하고 인간적이며 겸손하게 행동해야 한다. 그래야 쓸데없는 오해를 안 산다. "난 정말 안 그런데, 사람들은 왜 그렇게 생각하는지 이해가 안 돼"라는 한탄은 아무리 해봐야 소용없다. 사람 사는 세상이 그런 것이라면 거기에 맞춰 살아야 한다. 별도리 없다.

사람들은 합리적이고 이성적이기보다 감정에 훨씬 크게 좌우되는 존재라는 사실을 명심하자. 옳고 그른 일보다 훨씬 더 중요한 것은 마음에 드느냐, 안 드느냐의 정서적인 문제다. 특히 심리학 책을 살펴보면 여성들의 경우가 더욱 그런 경향이 강하다. 남성들은 이런 사실을 명심하자. 사회생활은 물론이고 애정전선에서도 옳고 그름이나 논리는 생각보다 중요한 문제가 아니다. 정말 중요한 것은 마음이 통하느냐의 여부다.

♯4

자, 이젠 엘리자베스를 살펴보자. 그녀는 앞에서도 설명했듯 결혼은 진정 사랑하는 사람과 해야 한다는 확고한 가치관을 가진 당당한 여성이다. 남성에게 의존해야 하는 시대에도 자신의 주체성과 애정관을 확고하게 가진 여성이다. "무언가 부족한 것이 있다는 건 오히려 다행한 일이야. 만약 모든 준비가 완벽하다면 실망하는 일이 반드시 생길 테니까." 그녀의 말이다. 이 얼마나 지혜롭고 긍정적인 생각인가. 정말 멋지지 않은가.

하지만 그녀는 진짜 '진국'인 다아시를 섣부르게 오만한 사람이라고 판단했다. 그녀가 저지른 실수는 그뿐만이 아니다. 이후 모든 일을 자신이 그렇다고 믿은 그 잣대에 맞춰 생각했다는 점이다.

다아시에게도 뭔가 이유가 있을 것이라고 넓은 마음으로 생각하지 않고, 그를 오만하다고 생각한 다음부터는 그의 모든 행동을 자신이 본 첫인상의 잣대에 맞춰 생각한다. 그 때문에 감정의 골이 깊어지면서 하마터면 사랑을 잃어버릴 뻔하기도 한다. 또 사기꾼 위컴 대위의 말만 믿고 '진정한 신사' 다아시를 옹졸하고 편협한 사람으로 여기기도 한다.

우리들은 흔히 내성적이거나 자신을 잘 표현하지 못하는 사람에 대해 오만하다고 오해한다. 그 속에 인간적이고 따뜻한 마음이 숨어 있는 경우가 많은데도 말이다. 또 그렇게 한 번 믿어버리면 때론 극단적으로 그가 하는 모든 행동을 미워하는 경우도 흔하게 볼 수 있다. 물론 겉으로 보이는 첫인상은 매우 중요하다. 하지만 우리는 사람들을 첫인상만으로 너무 성급하게 판단하고 있지는 않은지 다시 한 번 돌아볼 필요가 있다.

마지막으로 남자의 입장에서 볼 때, 남녀 간의 애정문제에서 여성들이 흔히 가지는 편견에 대해 좀 더 자세히 이야기하고 넘어가자. 객관적인 설명을 위해 문화평론가 김지룡과 재테크 전문가 이상건이 함께 쓴 『이런 남자 제발 만나지 마라』에서 읽었던 내용을 바탕으로 이야기 하겠다.

#5

여성들은 당연히 달콤한 스타일의 남성을 좋아한다. 특히 자신에게 쏟아지는 애정공세를 '사랑의 증거'라고 여긴다. 물론 표현하는 사랑이 더 아름답고, 사랑을 잘 표현할 수 있을 때 더 행복해진다. 하지만 많은 여성들이 겉으로 보이는 달콤함에 현혹되어 제대로 된 판단을 내리지 못하는 경우가 허다하다.

영화 속에서는 위컴 대위와 다아시가 대비되는 인물이다. 위컴 대위는 잘생긴 데다 말도 잘하고 여성에게 호의적이다. 매력적인 이 남자에게 여성 대부분은 빠져든다. 하지만 위컴 대위는 달콤한 말로 여자를 꼬드겨 돈이나 우려먹는, 요샛말로 '제비족'에 지나지 않는다. 그럼에도 처음 엘리자베스는 위컴의 말만 믿고 무뚝뚝한 다아시를 별로 신뢰하지 않는다.

달콤한 사람이 반드시 좋은 사람은 아니다. 좋은 사람은 무뚝뚝한 사람 중에도 많이 있다. 그런데도 많은 여성들이 '달콤한 남자 = 멋지고 좋은 남자, 무뚝뚝한 남자 = 고루하고 가부장적인 남자'라는 등식에 사로잡혀 있다. 그러나 달콤하게 다가오는 남자들 가운데에는 목적(육체나 금전)을 달성하면 얼굴을 바꾸는 경우가 제법 많다. 정말 좋은 남자는 자신이 어렵고 힘겨울 때 잘해주는 남자다.

'결혼테크'라는 관점에서도 생각해보자. 자신을 매일 차로 태워다주는 남자가 있다고 치자. 사실 그런 정성이라면 어떤 여자라도 감복하게 된다. 아, 내가 생각해도 정말 달콤하다. 하지만 조금만 냉정하게 생각해보면 사정은 달라진다. 흔히 결혼 적령기라고 하는 20, 30대 시기는 남자든 여자든 자신의 분야에서 정신없이 노력해야 할 시기다. 일에 미쳐야 할 나이이고 그래서 정말 시간이 없는 경우가 많다.

사랑에 빠진 남자라면 누구나 자기 여자에게 잘 해주고 싶은 마음이야 굴뚝같다. 하지만 사랑하는 여자를 정말 오랫동안 행복하게 해주기 위해서는, 달콤한 이벤트를 벌일 시간에 자신의 미래를 위해 좀 더 투자해야 제대로 된 남자다. 매일 차로 태워다주는 남자를 바란다는 것은 재벌 2세 만나기를 바라는 마음과 별반 다를 바가 없다.

그렇게 자신도 쉽게 못 할 일을 남자에게 바라는 것은 성숙한 사랑의 태도가 아니다. 그런 면에서 엘리자베스의 말은 정말로 지혜롭다. "당신이 가장 완벽하고 최고로 행복할 때 '다아시 부인'이라고 불러요You may only call me 'Mrs. Darcy' when you are completely, perfectly, incandescently happy." 여성의 권익이 보장되지 않는 시대였음에도 배우자로서 자신의 역할을 다하겠다는 성숙한 사랑의 표현이다.

그렇다고 남자들도 '마음이면 되지'라며 그저 가만히 있어서는 안 된다. 평소 회사에서 아무리 바쁘고 힘들어도 전화기를 들자. '고맙고 사랑한다'는 말 한마디 하는 데는 1분도 채 걸리지 않는다. 하지만 매일 매일의 그 사소한 1분이 자신과 자신이 사랑하는 여인을 평생토록 행복하게 만들어준다.

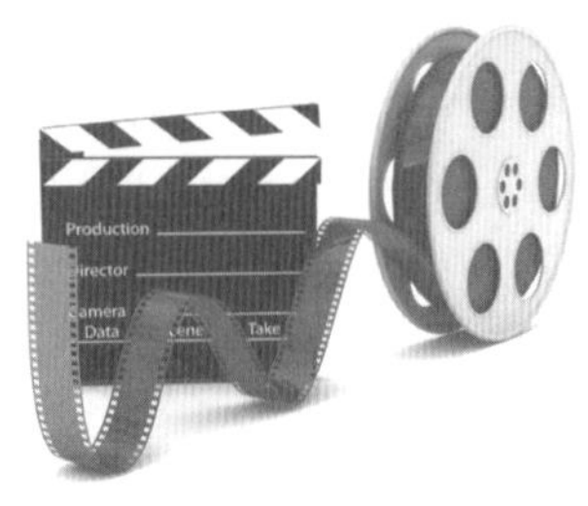

04

잘못된 사랑의 4가지 유형

〈음란서생〉

#1

영문학자이자 수필가인 장영희 교수는 문학의 주제가 한마디로 '어떻게 사랑하며 사는가'에 귀착된다고 했다. 사랑이 없는 인생이야말로 '앙꼬 없는 찐빵'이요, '오아시스 없는 사막' 아니던가. 에구, 저 한편에서 '사랑이 밥 먹여주느냐'는 현실주의자들의 비난이 들리는 듯하다.

아무리 그렇더라도 어떤 권력이나 부, 명예로도 채워지지 않는 삶의 고갱이가 바로 사랑인 것은 그 누구도 부인하지 못할 것 같다. 하지만 제대로 된 사랑을 할 줄 아는 사람이 과연 얼마나 될까. 사실 진정한 사랑이 무엇인지 알고 있는 사람도 그리 많지 않을 것 같다.

나 역시 어찌 그 어려운 문제의 답을 알까. 그래서 영화 〈음란서생〉의 주요 등장인물 4인을 통해 잘못된 사랑의 유형에 대해 한번 살펴본다. 이를 통해 진정한 사랑에 대한 해답을 각자 스스로 찾아보도록 하자(참, 재미를 위해 지금부터는 영화 속 대화처럼 '하오체'를 쓰겠소).

♯2 특정한 목적에 사랑을 이용하다니 - 윤서

영화 속의 윤서는 그야말로 소심한 서생이요. 무력도 용기도 없소. 그저 화려한 문재만 있을 뿐이오. 그런 그가 우연히 음란소설에 시쳇말로 '필'이 꽂혀버리오. 당파싸움, 집안의 기대 등 갑갑한 일상에서 탈출할 수 있는 환상적인 쾌락의 세계였던 것이오.

그만의 유토피아인 음란소설 속에서 그는 자신의 문재를 유감없이 발휘하게 되오. 그에게는 창작의 고통마저 즐겁소. 사람들이 좋아하는 것을 보며 '작가'의 쾌감을 느끼게 되오. 그런 쾌감을 주는 음란소설을 위해 그는 점점 과감해지고 소설 속 삽화를 넣기 위해 왕의 여자인 정빈과 동침까지 하게 된다오.

오호통재라. 자신의 뛰어난 글재주를 큰일이 아닌 일탈하는 데나 써버리다니. 모든 재주는 쓰일 제자리가 있는 법이거늘. 그러나 윤서가 저지른 더 큰 잘못은 자신의 소설을 위해 사랑을 이용했다는 데 있소. 물론 먼저 도발한 사람은, 저 철없는 여인네 정빈이었소.

그렇다 해도 남의 여자를, 그것도 왕의 여자를 탐해서는 안 될 일이었소. 이는 단순히 간통죄를 의미하는 말이 아니오. 사랑하는 마음이 없는 데도 그녀를 탐했다는 점이 문제라 이거요. 소설의 맛을 위해, 생생한 분위기를 전달할 삽화를 위해, 정빈을 이용했다는 바로 그 점이 잘못이다 이 말이오.

사랑하는 마음은 그 자체로 순수해야 하오. 다른 목적이 끼면 안 되오. 성공도 마찬가지요. 돈을, 권력을, 명예를 탐한다고 해서 그것이 순순히 손에 쥐어 쥔답디까. 그저 자기 일에 열정을 다해 열심히 하다보면 하늘이 허락해주는 것 아니겠소.

사랑도 이와 같아야 하지 않겠소. 솔직한 마음으로 자신의 자리에서, 자신의 스타일대로 열정을 불태워야 행복을 얻을 수 있는 게요. 한 번 욱하는 마음에, 혹은 다른 목적을 위해 이용되어서는 안 된다 이거요. 일탈 속의 사랑은 일면 낭만적이거나 매력적으로 보일 수 있소. 하지만 그런 것은 결코 오래가지 못하오. 기왕 할 사랑이면 오래오래 제대로 하는 게 좋지 않겠소.

(한편으로 비겁한 마음이기도 하지만) 잘못된 사랑으로 여인네들의 마음을 상하게 하면 그 뒤끝을 감당하는 것도 정말 무섭소. 누구에게나 원한을 져서는 안 되겠지만 특히 여인네들에게 원한을 사면 정말 큰일 나오. 그래서 허튼짓하지 말고 평소에 잘 해야 하오.

♯3 철없는 이기적 사랑 - 정빈

어찌 보면 정빈은 불쌍한 여인네요. 좋은 집안에서 태어나 왕의 여자가 되었지만 진정한 사랑을 모르고 사는 이로 보이오(남편인 왕도 이런 이야기를 합디다). 아마도 어릴 적부터 원하는 것을 모두 손에 쥐었기 때문에 그런 것이 아닐까 하오. 모든 것을 쉽게 가질 수 있다면 그 모든 게 소중하게 보이지 않을 것 아니오.

사실 여인네들 대부분이 공주 대접 받길 원하오. 그 대접은 정말로 달콤하오. 그러나 정신 차려야 하오. 그것은 자신을 좀먹는 것이오. 쉽게 얻어지는 것은, 특히 자신의 노력 없이 얻어지는 세상의 모든 것은 다 허망하오. 마약과 같은 것이오. 스스로도 잘 살아갈 수 있는데도 그 길을 제 발로 걸어차 버리는 것이나 마찬가지요.

많은 여인네들이 입에 달고 사는 말이 있소. '남자가 돼선……', '남자가 뭐 그러냐', '남자가 치사하게' 등등. 남자나 여자나 다 같은 인간이오. 자신이 하기 싫거나 자신이 좋아하지 않는 것은 남자도 하기 싫거나 좋아하지 않소. 자기라면 못 할 것을 남자에게 요구하는 것은 옳지 못한 처사요.

반대로 '여자가 어딜……'이나 '여자가 돼서 왜 그래'라는 말을 들으면 기분 좋을 사람은 아무도 없을 것이오. 다른 이를 탓하거나 자기도 못 할 일을 남자에게 시켜서는 진정한 평등이 이뤄지는 사랑은 힘들게 되오. 물론 여전히 여인에게 불합리한 관행이나 풍속은 많소. 하지만 그 속에서 얻어지는 혜택에 안주하며 살고 있는 것은 아닌지도 한 번쯤 돌아보아야 하오.

다시 영화 속 정빈의 이야기로 돌아갑시다. 정빈은 처음 윤서를 겁쟁이라 놀렸소. 자신의 지위를 이용해 '날 사랑할 수 있나'라며 윤서를

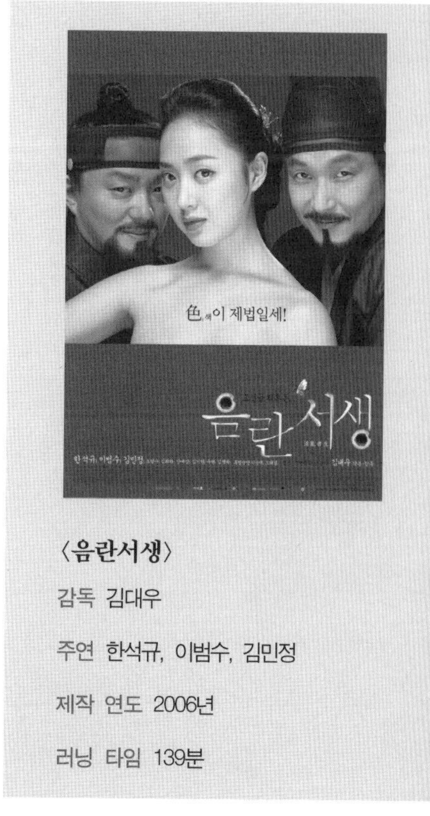

〈음란서생〉

감독 김대우

주연 한석규, 이범수, 김민정

제작 연도 2006년

러닝 타임 139분

제1부 | 멋있는 사랑을 하려면

조롱했소. 그런데 정작 엉뚱한 목적으로 윤서가 자신을 받아들이자 그만 마음이 끌리게 되었소. 그러나 이것은 진정한 사랑이 아니오. 삐뚤어진 자기애요, 일탈일 뿐이오.

그동안 정빈에게는 모든 남자가 쩔쩔맸소. 심지어 왕마저도 정빈의 말이라면 다 들어줬소. 그런데 윤서가, 그 심약한 서생이 과감히 자신에게 다가오자 그동안 겪어보지 못했던 새로운 감정에 휩싸였을 뿐이오. 괴테Johann Wolfgang von Goethe는 "사랑 없는 삶은 그림자놀이에 지나지 않는다"고 했소. 정빈은 진실한 사랑을 모른 채 그림자놀이에만 빠져 있었던 게요.

윤서가 자신을 이용했음을 안 뒤에도 정빈은 자신의 자존심을 지키고자 했소. 사랑의 배신감보다는 감히 신하 따위가 정빈을 사랑하지 않았다는 사실 그 자체에 분개했던 것이었소. 그녀에게는 왕에 대한 미안함도, 윤서에 대한 진정한 사랑도 보이지 않았소. 오직 철없는 자기애만 있었을 뿐이오. 끌끌, 정말로 불쌍한 사람이오.

＃4 성숙하지 못한 사랑 - 왕

사랑에 관해 일가견 있으신 철학자 에리히 프롬Erich Fromm은 "성숙하지 못한 사랑은 '내가 당신을 필요로 해서 당신을 사랑합니다'라고 말하지만, 성숙한 사랑은 '내가 당신을 사랑해서 당신을 필요로 합니다'라고 말한다"고 했소이다.

사실 많은 남자들은 사랑 그 자체를 목적으로 하지 않는 경우가 많소이다. 원시시대부터 이어져온 본능에 따라 한 여자를 일종의 '사냥감'

정도로 여기는 이가 많소. 물론 여자들도 진실하게 임하지 않고 이런저런 조건만을 저울질하는 경우가 많지만, 여하튼 자기 경우만 보면 되지 여자 탓을 할 일은 아니라 믿소.

왕도 마찬가지요. 엄밀히 보면 정빈은 자신의 권력을 통해 얻은 여자요. 또 정빈의 미모만을 좋아해 그녀의 철없는 요구를 모두 들어주었소. 진정한 사랑이라면 그녀를 위해 바른길을 갈 줄 알아야 하고, 따라서 때로는 그녀의 무리한 요구를 들어주지 말았어야 했소. 하지만 정빈을 진정으로 사랑한 것이 아니라 자신의 권력으로 누리는 아름다운 꽃으로만 보았기에, 그러지 않았소.

어찌 보면 정빈이 바람을 피운 것도 일부는 왕의 책임이라 할 수 있소. 자기밖에 모르는 이기적인 여인이 제대로 된 사랑을 받아보지 못했으니, 새로운 경험에 혹해 엇나가는 것도 있을 수 있는 일이라 여겨지오. 정빈에게 왕은 자신에게 모든 것을 주는 권력으로만 보였을 뿐이었소. 존경하고 사랑할 만한 진정한 남자의 모습은 보여주지 못했던 게요.

정빈이 바람을 피운 후에 "더 사랑하는 자가 약자 아니더냐"고 토로했지만 그 말에도 진정성이 보이지 않았소. "최고 권력자에게도 안 되는 것이 있구나"라는 자조 섞인 말로밖에 들리지 않았소. 영화 속 왕이야 마음껏 후궁을 들일 수 있는 위치였겠지만 현대 사회는 적어도 표면적으로는 '일부일처'제요.

모든 남자들은 명심해야 하오. 단 하나 고를 여자라면 예쁜 여인은 그저 다홍치마일 뿐이요. 세상을 사는 데, 제대로 된 성숙한 사랑을 하

43

는 데 미모는 그다지 큰 도움이 되지 않소. 인내할 줄 아는 여인, 배려할 줄 아는 여인, 사려 깊은 여인을 골라야 하오. 미모는 그다음 순위요. 미모는 순간이고 돈은 평생을 좌우하지만, 내 여자의 성품은 자손에게까지 (유전적으로) 영향을 미치오.

♯5 일방적인 사랑 - 조 내관

조 내관은 정빈을 사가에서부터 모시던 하인이었소. 신분의 차이를 극복하지 못한 채 그녀에 대한 외쪽사랑을 품어왔소. 물론 받는 사랑보다는 주는 사랑이 더 위대하다는 것도 아오. 또 그 자체로도 행복하다 여기면 그 뿐이오.

하지만 보고 있는 입장에서는 너무나 안타까웠소. 빅토르 위고 Victor-Marie Hugo는 "삶에서 최상의 행복은 사랑받고 있다는 확신"이라고 했소이다. 사랑은 그저 일방적으로 주기만 하는 것이 아니라 주고받는 것이어야 하오. 그래야 진정으로 행복하지 않겠소. 조 내관은 정빈의 부정이 알려지는 것을 막기 위해 윤서를 죽이려고 하오. 그러다 왕의 내관들에 의해 비참하게 죽소. 정작 당사자인 정빈은 알지도 못한 채 말이오. 끌끌……

이 대목에서 좀 현실적인 이야기로 갑시다. 지금 시대에야 물론 신분제도가 있는 것은 아니지만, 오르지 못할 나무라면 아예 쳐다보지 않는 것이 좋소. 동서고금을 털어 이 사례나 문화인류학적 연구결과에서 보듯, 여인이 결혼을 통해 신분상승을 하는 경우는 흔해도 남정네가 여인네와의 결혼을 통해 신분이 올라가는 경우는 별로 많지 않았소. 오히

영화, 나의 멘토가 되다

려 반대로 비참한 최후를 맞는 경우가 대부분이오.

안되었지만 남자는 제 힘으로 일어서야 하오. 신데렐라의 꿈을 꾸는 여인네의 심리적인 본능을 보더라도, 자기와 거의 비슷하거나 좀 더 현실적인 조건에서 조금은 못한 듯한 여인네와 결혼하는 것이 서로의 행복을 위해서도 좋은 일이오. 품성 좋은 여인을 만나 위로받고 용기를 얻으면서 제 힘으로 이 험한 세상 헤쳐나가는 가운데, 자신을 믿어주는 제 여자를 아끼고 사랑하는 것이 누구나 누릴 수 있는 소박한 행복 아니겠소이까.

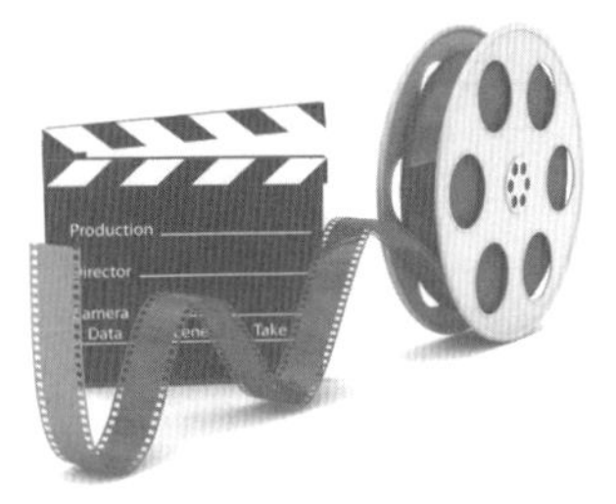

05

사랑을 간직한 채 떠날 수 있게 해준……

〈8월의 크리스마스〉

#1

"사랑이란 감정이 두려워 우린 늘 떨어져 있었다(영화 〈타락천사〉 가운데)."

"사랑은 사랑을 낳고 사랑의 상처는 또 다른 상처를 낳는다(영화 〈동사서독〉 가운데)."

위에서 예로 든 두 편의 영화 모두 왕가위 감독이 만들었다. 개인적으로 왕 감독은 장르를 막론하고 자본주의의 효율성 논리가 지배하는, 그래서 인간이 배제된 현대사회에서 사람들이 느끼는 고독과 소외를 일관되게 다뤄왔다고 본다.

고독과 소외라……. 이 두 가지 감정은 모두 사람과 사람의 관계에서 비롯된다. 인간과 세계 및 우주에 대한 깊은 성찰에서 비롯되는 절대적인 고독이나 소외는 논외로 하자. '사람 인'人 자의 형상이 말해주는 것처럼 사람은 다른 사람들과 함께하지 않으면 안되는 존재다.

그렇다면 사람들 사이의 관계는 어떤 식으로 이뤄질까. 우리가 알고 있는 것처럼 인간은 과연 이성적인 존재일까. 사람과 사람과의 관계는 이성적이고 합리적인 원인에 의해 맺어지는 걸까. 정말로 어려운 문제다. 이 대목에서 분석심리학의 창시자인 카를 구스타프 융Carl Gustav Jung의 견해를 인용해보자.

♯2

아, 긴장할 필요는 없다. 필자도 심리학도는 아닌지라 대학 시절 입문서 정도를 읽었을 뿐이다. 전개를 위해 간단히 요점만 정리한다. 융은 인격이 의식과 무의식으로 나뉜다고 봤다. 그리고 무의식은 경험에 바탕한 개인적 무의식과 유전적 성격이 강한 집단적 무의식으로 구분했다.

그런데 융은 인격에서 의식이 차지하는 비중을 매우 제한적이라고 봤다. 다시 말해 우리는 자신들을 논리적·합리적이라고 생각하지만 정작 우리가 인식하지 못하는 무의식 세계에 의해 더 많은 영향을 받는다는 얘기다. 그런 무의식들이 모인 것이 '콤플렉스'이며, 그런 비합리적인 요소들이 자체적으로 인격의 중요한 부분으로 작용하면서 우리들의 관계나 행동을 좌우하게 된다.

동양 고전을 정리한 책『강의』의 저자인 신영복 교수도 한 포럼에서 "자신에 관해 제대로 성찰하지 못한다면 자신 속의 콤플렉스가 자신의

47
•

의사 결정을 좌우하게 된다. 이것은 정말로 무서운 일이다"라고 말했다. 그렇다면 나도 모르는 나 자신의 세계가 그토록 많을진대 어떻게 자기에 대해 발견할 수 있을까.

이에 대해 신 교수는 "다른 사람들과의 관계에서 자신을 찾으라"는 답을 줬다. 그는 "사람은 자신이 만난 모든 사람과의 관계에 의해 좌우된다"며 "자신이 맺고 있는 관계가 자신의 진정한 정체성"이라고 했다. 현대사회에는 자신을 확대·증식하는 자본주의의 논리만 존재할 뿐 사람과의 만남이 사라지고 있으며, 현대사회가 안고 있는 고독과 소외라는 문제를 해결하는 유일한 방법은 사람들끼리의 만남이라는 가르침이다.

#3

영화 〈8월의 크리스마스〉에는 만남이 있다. 사랑의 감정이 싹튼 남자와 여자의 만남이다. 물론 그 만남에는 아무런 목적이나 이유가 없다. 그저 만남일 뿐이다. 사람과 사람의 만남이다.

사진사 정원은 시한부 인생을 살고 있다. 담담하고 일상적인 시간을 보내며 조용히 죽음을 기다리고 있다. 그는 자신의 죽음에 대해서는 감정이 잘 정리되어 있다.

그러나 자신이 떠나면 홀로 남겨질 아버지에 대해서는 그렇지 못하다. 비디오 사용법을 알려줬음에도 작동에 서툰 아버지에게 화를 낸다. 자신보다는 자신이 맺고 있는 관계에서, 자신이 사랑하는 사람에 대한 안타까움 때문에 힘겨워한다.

영화, 나의 멘토가 되다

독재정권에 의해 20년간 감옥 생활을 한 신영복 교수는 수감자들을 힘겹게 하는 것은 육체적 고통이 전부가 아니라고 했다. 대부분 감옥 바깥에 남겨진 가족에 대한 걱정으로 괴로워한다고 했다. 나라는 존재의 의미가 나와 관계를 맺고 있는 사람들에 의해 부여되는 것이다.

다림은 사진을 맡기러 정원에게 왔다가, 지친 일상생활에서 일어났던 시시콜콜한 이야기를 모두 정원에게 털어놓는다. 정원은 그저 웃으며 그 이야기를 들어줄 뿐이다. 그러면서 다림은 정원을 점점 사랑하게 된다.

한눈에 반한 것은 아니지만 다림은 점점 정원에게 젖어들어 간다. 그와의 만남에서 자신의 존재를 인식했고 이를 통해 만족과 편안함을 느꼈기 때문이다. 자신의 이야기를 모두 들어주는 정원에게 믿음이 갔기 때문이다. 다림은 정원과의 만남을 통해 일상의 권태를 사랑과 맞바꾼다.

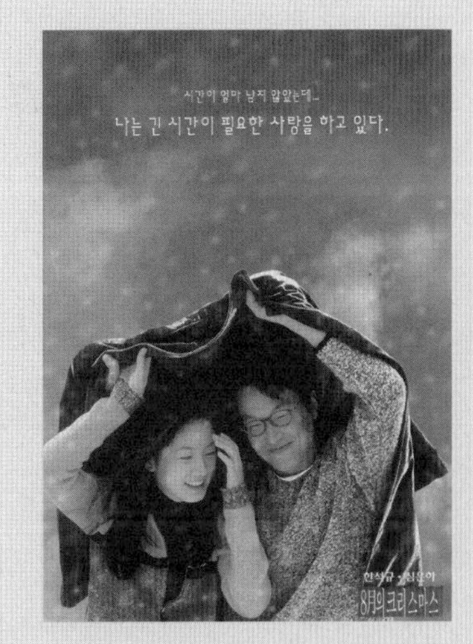

〈8월의 크리스마스〉

감독 허진호

주연 한석규, 심은하, 신구, 오지혜

제작 연도 1998년

러닝 타임 97분

"내 기억 속의 무수한 사진들처럼 사랑도 언젠가는 추억으로 그친다는 것을 난 알고 있었습니다. 하지만 당신만은 추억이 되질 않았습니다. 사랑을 간직한 채 떠날 수 있게 해준 당신께 고맙단 말을 남깁니다." 잘 알려진 정원의 영화 속 독백이다.

정원은 다림을 멀리서 지켜볼 뿐 다림에게 자신의 죽음에 대한 위로를 받으려 하지 않는다. 환한 다림의 웃음에서 자신이 이 세상에서 살다 간 의미를 찾을 뿐이다. 정원은 다림과의 만남을 통해 삶에 대한 아쉬움을 영원한 사랑의 기억과 맞바꾼다.

#4

요즘 사회는 정말로 치열하다. 경쟁과 이기심으로 충만한 세상이다. 이기거나 지거나, 지배하거나 지배당하거나 할 뿐이다. 주는 것에는 인색하면서 받는 것에만 익숙하다. 자신을 받아들이라 강요하지만 상대방을 인정하지는 않는다. 특정한 목적이 없다면 만나려고도 하지 않는다. 이래서는 관계가 생길 수 없다. 당연히 사랑도 없다.

그렇게 살지 말자. 함께 어울리고 대화하고 정을 나누며 살자. 그러면 자연스레 인생의 목적이 생기고 삶의 방법도 찾게 된다. 사랑하게 되면서 사는 의미가 생기게 된다. 함께할 수 있는 사람이 있다는 것. 이 자체만으로도 이미 성공한 인생이 아닐까 싶다.

천국과 지옥에 관한 우화 하나를 소개하며 글을 맺을까 한다. 어떤 사람이 죽어 지옥에 가게 되었다. 그런데 예상과는 달리 맛있는 음식이 가득 있지 않은가. 하지만 자신의 팔 길이보다 긴 젓가락만으로 음식을 먹을 수 있게 되어 있었다. 사람들은 맛있는 음식을 먹기 위해 애를 쓰지만 도무지 먹을 수 없어 고통스러워한다.

그는 천국이라면 과연 어떨지 궁금했다. 잠깐이나마 천국을 구경할 수 있게 해달라고 신에게 부탁했다. 허락을 얻은 그는 천국에 가보고 놀랐다. 지옥이나 다를 바 없었다. 음식이 가득했고 마찬가지로 긴 젓가락만으로 음식을 먹어야 하는 규칙은 같았다. 하지만 천국 사람들의 표정은 무척 밝았고 행복해 보였다. 그들은 긴 젓가락으로 서로서로에게 맛있는 음식을 먹여주고 있었다.

제1부 | 멋있는 사랑을 하려면

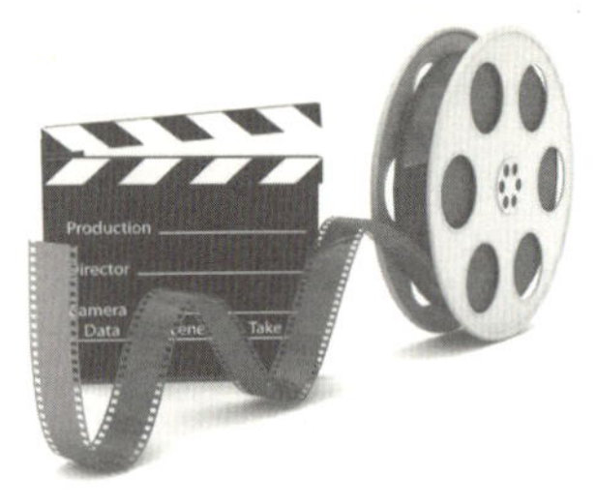

06

네가 정말 원하는 걸 선택해

〈노트북〉

#1

사람은 무엇으로 살까. 아마도 그건 삶의 단계에 따라 다르지 싶다. 젊은 인생을 지탱해주는 것은 아무래도 '희망'이다. 어떤 것을 하고 싶다는 꿈과 뭔가를 이뤄내겠다는 목표, 진정한 사랑에 대한 갈망 등은 젊은이에게 삶의 활력과 생기를 불어넣는다.

그렇다면 노년의 인생에서는 역시 '추억'이 아닐까. 인생의 겨울을 따뜻하게 보듬어주는 것은 뜨거웠던 지난 여름날과 풍성했던 가을날의 기억이다. 얼마나 성공했는지 여부는 전혀 중요하지 않다. 설혹 성공하지 못한 인생이라 하더라도 어쩌겠는가. 이미 지나간 삶인 것을.

회한과 아쉬움 속에 살기보단 좋았던 기억을 떠올리며 삶을 아름답게 추억하는 편이 훨씬 즐겁고 행복하다. 그래서 괴테는 이런 말을 남겼는지도 모르겠다. "행복한 인간이란 자기 인생의 끝을 처음과 이을 수 있는 사람을 말한다."

그런데 기억이란 잊히는 것. 가장 좋았던 순간의 추억도 시간의 흐름 속에 차츰 빛이 바래간다. 누구나 사랑하고 행복했던 지난 순간들을 가장 화려하게 기억하고 싶어 한다. 방법이 있다. 좋았던 느낌이 잊히기 전에 노트에 적어두는 것이다.

그 기록의 느낌은 먼 훗날에 가서 떠올리는 추억보다는 훨씬 더 강렬하고 감동적이다. 가장 좋았던 바로 그 순간의 그 느낌을 오롯이 담고 있기 때문이다. 비록 노트 종잇장의 빛은 바랠지언정 분홍빛 추억의 느낌은 결코 바랠 일이 없다.

2

영화 〈노트북〉은 치매로 기억을 잃어버린 할머니의 추억에 관한 이야기다. 할머니의 추억이 담긴 노트북(컴퓨터가 아니다)을 열어보자.

열일곱 앨리는 방학을 맞아 시골에 놀러 왔다. 목수 일을 하던 잘생긴 청년 노아는 환한 미소가 예쁜 앨리에게 그만 '필'이 꽂혀버렸다. 열정적이고 순수한 사랑을 나누는 앨리와 노아. 하지만 그들에게는 가난한 목수와 부잣집 딸이라는 엄연한 신분의 격차가 있었다.

앨리의 부모는 둘의 교제를 반대했고 둘은 결국 헤어지게 된다. 앨리를 잊을 수 없는 노아가 앨리에게 편지를 보내지만, 그녀의 어머니는 그 편지를 모두 숨겨버린다.

노아는 앨리에게 한 가지 약속을 했다. 강이 바라보이는 둘만의 장소에 하얀 집을 짓고, 앨리가 좋아하는 그림을 그릴 수 있도록 그림방과 베란다를 만들어주겠다. 가난뱅이 청년에게는 어림도 없는 일이었지만, 또 앨리와 연락조차도 되지 않았지만 노아는 결국 해내고야 만다. 둘만의 사랑을 속삭였던 바로 그 강가에 손수 멋진 집을 지었다.

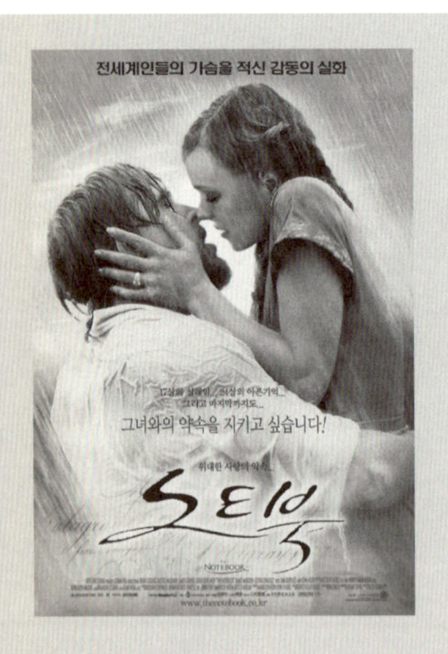

〈노트북 The Notebook〉
감독 닉 카사베츠
주연 라이언 고슬링, 레이철 매캐덤스
제작 연도 2004년
러닝 타임 123분

그러나 앨리가 없는 집은 아무런 의미가 없다. 지쳐가는 노아. 앨리 역시 아무런 연락이 없는(어머니가 편지를 다 숨겨두었으니) 노아를 차츰 잊어간다. 앨리의 부모님은 전도유망하고 집안 좋은 청년을 앨리에게 소개한다. 더구나 그는 잘생기기까지 하다. 빠져들지 않을 수 없다. 약혼까지 하는 앨리.

그러다 앨리는 신문에 난 노아의 멋진 집을 우연히 보게 된다. 그녀는 온갖 복잡한 감정에 휩싸일 수밖에 없었다. 마지막으로 노아의 집을 찾아간 앨리는 그곳에서 노아가 그녀에게 약속했던 그림방과 화구들, 멋진 풍경과 마주하는 베란다를 발견한다. 그것들은 첫사랑의 강렬했던 느낌을 그녀에게 되찾아준다.

하지만 앨리의 부모는 완고하다. 특히 어머니는 자신이 완고한 이유까지 털어놓는다. 어머니에게도 가난한 첫사랑을 버리고 부자인 남편

영화, 나의 멘토가 되다

과 결혼한 아픈 추억이 있었던 것. 여자인 앨리도 완벽해 보이는 약혼자를 버리기가 쉽지 않다. 결혼하기만 하면 그녀에게는 우아하고 화려한 사교계의 삶이 보장되어 있다.

어머니에게 끌려 앨리가 집으로 돌아가던 날, 노아는 앨리에게 말한다. "네가 정말 하고 싶은 것을, 정말 원하는 게 무엇인지를 생각해봐. 그리고 그걸 선택해."

＃3

할머니가 된 앨리는 그 누구도 알아보지 못한다. 남편도 자식도 모두 다. 앨리는 치매요양원에서 생활한다. 그런 앨리에게 남편은 요양원까지 따라와 지난 사랑의 추억이 담긴 노트북을 정성껏 읽어준다. 앨리가 혹시 추억을 잃어버릴 때를 대비해 직접 써둔 노트북이다.

남편 자신의 건강도 그다지 좋지 않다. 하지만 남편은 사랑하는 아내를 위해 최선을 다한다. 그는 이제 후회가 없다. 최선을 다해 사랑했으므로. 곱디고운 할머니 앨리도 마찬가지였다. 그녀는 편안한 삶보다는 적극적으로 자신의 삶을 개척하며 살았다.

그저 받기만 하는 사랑을 원하지 않았다. 자신의 선택을 후회하지 않기 위해 불꽃처럼 사랑했다. 그들은 서로에게 자신의 모든 것을 주었다. 앨리와 남편은 함께한 침대에서 편안히 숨을 거둔다. 너무나 행복한 얼굴들이다. 그들에게는 후회 없이 사랑했던 둘만의 멋진 추억이 있으므로.

제1부 | 멋있는 사랑을 하려면

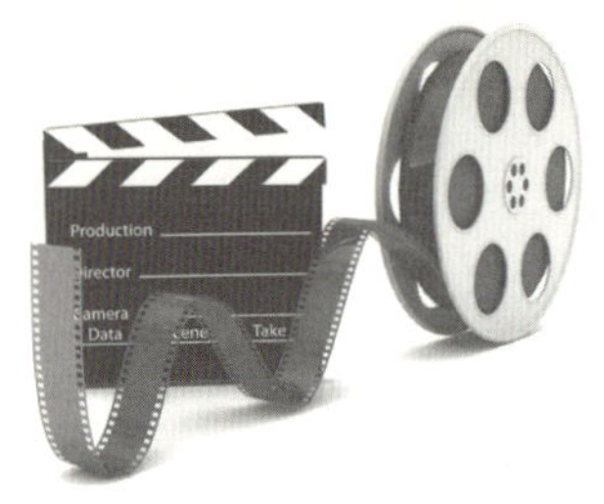

07

'내숭녀'와 '작전주'의 공통점

〈27번의 결혼 리허설〉

＃1

첫 직장 입사 동기 가운데 유학을 갔다 온 후 입사해, 동기들보다 4 살이 더 많은 형이 있었다. 다음은 그 형에게서 들은 삼류 소설 같은 실제 이야기다(지금부터 편의상 그 형을 A씨라 칭한다).

A씨는 집이 상당히 잘살았고, 덕분에 젊었을 적부터 고급 술집에도 많이 다녔다. 속칭 '예전에 좀 놀았다'는 그런 사람이었다. A씨가 잘 다니던 술집에는 항상 즐겨 부르던 아가씨도 있었다.

그녀는 대학생이었다. 생계를 위해서라기보다는 큰 씀씀이를 충당하기 위해 술집에 나오게 된 경우였다. 나중에 두 사람은 술집 밖에서도 만나게 되었고, 애인처럼 몇 달을 함께 지내기도 했다.

그러다 A씨가 제대로 공부를 하기 위해 유학을 가면서 두 사람은 자연스레 헤어졌다. 몇 년 후 한국에 다시 돌아온 A씨는 결혼할 여자를 인사시켜 주겠다는 친한 친구의 연락을 받았다. 그 자리에는 A씨 말고도 몇 명의 가까운 친구들이 초대를 받았다.

모임에 나간 A씨는 놀라운 광경을 목격했다. 예전 술집에서 자주 찾던 그녀가, 몇 달을 동거했던 그녀가 친구의 약혼녀로서 그 자리에 조신하게 앉아 있었던 것이다. 물론 결혼 당사자인 A씨의 친구는 그런 그녀의 과거를 전혀 모르고 있었다.

A씨는 매우 혼란스러웠다. 며칠을 고민했다. '친구의 행복을 위해 그냥 모른 척 넘어가야 하나.' 하지만 결국 마음은 사실을 알리는 쪽으로 정해졌다. A씨는 친구에게 엄연한 그녀의 일부인 지난 과거를 알리고 그 친구가 그녀의 어두웠던 과거를 알고도 결혼을 할 것인지 여부를 직접 선택할 수 있도록 해주고 싶었다.

하지만 순진한 A씨의 친구는 사실을 전해 듣자 충격에 휩싸였고, 속았다는 배신감에 결국 그 결혼은 깨지고 말았다. 법적인 면은 논외로 하더라도 과연 A씨의 행동은 현명했던 걸까. 만약 그냥 모른 척했다면 그녀가 어두웠던 과거를 털어내고 현명하게 결혼생활을 잘 꾸려갔을지도 모를 일이었으니. 정말 답을 내기 힘든 것이 인생사인 것 같다.

＃2

어느 날 아내가 아직 결혼을 못한 자신의 친구들에 관해 이야기를 하다 괜스레 분개(?)해 문득 이런 주장을 꺼냈다. "남자들은 얼굴만 따지지 정말 좋은 여자를 볼 줄 모른다. 얼굴은 예쁘지만 사실은 인간성도

57

안 좋고 순 내숭에다 '호박씨나 까는' 여자들에게 주로 정신이 팔린다" 는 것.

이런 '내숭녀'들은 작업 대상이 아닌 이성이나 동성들에게는 별로 인기가 없는 경우가 많다. 내숭녀들은 자신의 목표인 '킹카' 남성이 아닌 다른 사람들과의 인간관계에는 무성의하기 때문이다.

그녀들은 평소에는 자신이 관심 있는 남자에게만 온 신경을 집중하다가 그 관계에 문제가 있을 때 비로소 친구들을 찾는다. 또 잘 보이고 싶은 이성에게 대하는 태도와 다른 사람에게 대하는 태도가 '하늘과 땅'만큼 차이가 난다. 그러니 당연히 주위에서 좋아할 리가 없다.

내숭녀들은 마치 자신의 모든 인생을 킹카에게만 초점을 맞춘 듯하다. 영화 〈27번의 결혼 리허설〉에 나오는 테스처럼 말이다.

영화에서 테스는 주인공 제인의 동생이다. 모델 일을 하던 테스는 언니 제인이 오랫동안 짝사랑하던 성공한 사업가 조지에게 자신의 섹시한 매력을 앞세워 다가간다.

테스는 조지가 채식주의자이며 동물과 아이를 사랑한다는 사실을 알아내어, 조지의 마음에 들기 위해 자신 역시 채식주의자이며 동물과 아이를 사랑하는 가정적인 여성인 척하는 등 완벽한 내숭으로 조지의 마음을 사로잡는다.

하지만 사실 테스는 자신밖에 모르는 전형적인 이기주의자에 바람둥이였다. 오랫동안 상사를 짝사랑해왔던 제인은 마음만 끓이며 동생을 위해 결혼을 준비해주다가 속임수를 쓰는 테스의 모습을 보다 못해 그녀의 내숭과 자유분방했던 과거를 폭로(?)해버린다.

＃3

테스는 언니 제인처럼 좋은 품성이나 성실한 삶의 태도를 가지려는 생각은 전혀 하지 않은 채, 화려한 겉모습과 가식으로 결혼에 '올인'해 인생을 바꿔보려 했다. 이런 그녀의 모습은 마치 주식시장의 '작전 세력'과 그들이 조작하는 '작전주'를 보는 듯하다. 정작 이익은 올리지 못하면서도 그럴싸한 사업 계획으로 장밋빛 전망을 쏟아내고 주가를 올려 한탕 하려는 행태가 딱 그렇다.

하지만 대부분 작전주의 끝은 항상 좋지 않았다. 지극히 운이 좋은 일부를 제외하면 작전 세력은 결국 붙잡히게 되며, 작전주도 휴지조각으로 변하고 만다. 반대로 비록 화려함은 없어도 내재 가치가 충실한 기업은 결국에는 시장의 인정을 받아 그 빛을 발하게 된다. 세상 일에는 분명 순서가 있다. 내실을 알차게 다지는 것이 먼저이고 멋있게 포장하는 것은 그다음의 일이다.

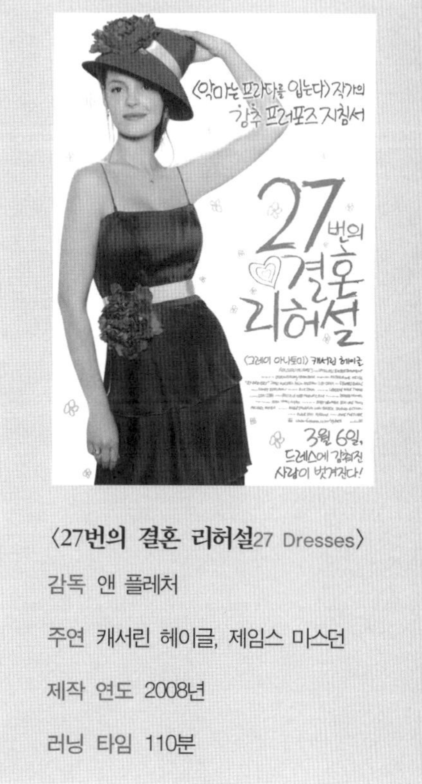

〈**27번의 결혼 리허설**27 Dresses〉
감독 앤 플레처
주연 캐서린 헤이글, 제임스 마스던
제작 연도 2008년
러닝 타임 110분

그러니 성실하고 친절하며 사려 깊은 여성들이여, 이성관계에서 보이는 일부 남성들의 얄팍함에 결코 실망하지 마시라. 그 때문에 자기가 가진 다양하고 멋진 장점들을 하찮게 여기거나, '외모지상주의' 같은 부

제1부｜멋있는 사랑을 하려면

질없고 헛된 세상의 흐름에 결코 자기의 중심이 흔들려서는 안 된다.

당신들이 원하는 것은 겉멋 들고 달콤한 말만 날려대는 '버터남'이 아니라, 그대들처럼 사려 깊고 친절하며 진실한 남자가 아니던가. 그런 남자와 믿을 수 있고 오래가는 사랑을 하고 싶지 아니한가. 사람은 끼리끼리 논다. 진실하고 좋은 사람을 만나고 싶다면 내숭 떨고 요란하게 겉치장만 할 것이 아니라, 자기부터 먼저 진실하고 좋은 사람이 되면 된다. 그리고 그런 사람을 만났을 때 조금 더 솔직해질 수 있는 용기만 가지면 된다.

"만약 스스로에게 진실하다면 밤이 낮을 따르듯 모든 일이 순리대로 풀릴 것이다. 진실처럼 아름다운 것은 없다." 셰익스피어William Shakes-peare의 말이다.

영화, 나의 멘토가 되다

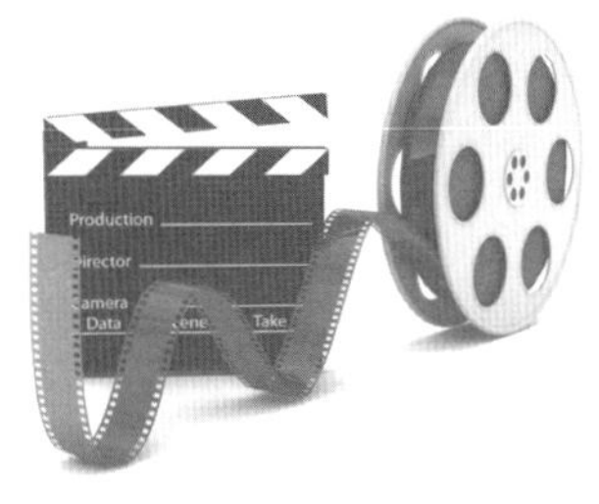

08

'변양균'을 위한 변명

〈데미지〉

#1

몇 년 전 온 나라가 허위 학력 파문에 따른 '신정아' 스캔들로 떠들썩했다. 이후 신정아 씨는 자서전을 통한 폭로로 또 한 번 화제가 되기도 했다. 당시 신 씨와 내연 관계였던 것으로 알려진 변양균 전 청와대 정책실장이 함께 세상의 주목을 받았다.

이들의 뉴스를 접하며 영화 〈데미지〉가 떠올랐다. 제러미 아이언스가 연기한 영화 속 주인공 스티븐은 의사로서 좋은 집안의 여인과 결혼했고, 정치인으로서도 성공 가도를 달리던 50대 남성이다. 그런 그가 어느 파티에서 만난 안나라는 여인과 불같은 사랑에 빠진다. 그러나 안나는 알고 보니 스티븐의 아들인 마틴의 애인이었다. 스티븐은 죄책감을 느끼지만 '팜 파탈femme fatale' 안나는 계속 스티븐을 유혹하고 스티븐은 점점 헤어나지 못할 불륜의 늪으로 빠져들어 간다.

안나는 스티븐과 밀회를 즐기면서도 그의 아들인 마틴과의 관계를 계속 유지하려 한다. 결국 마틴에게 스티븐과의 육체관계 현장을 들키고, 마틴은 그 충격으로 계단에서 실족사 한다. 스티븐은 아들과 아내, 그리고 모든 것을 잃고야 만다.

영화 속의 스티븐이나 실존 인물인 변 전 실장은 왜 자신의 모든 것을 잃을지도 모르는 위험한 관계를 가졌던 걸까.

♯ 2

한 모임에서 만난 60대 초반의 인사는 신정아 씨 문제로 낙마한 변전 실장에 대해, "응분의 책임을 져야 하겠지만 인간적인 측면에서는 동정이 가는 부분도 있다"고 했다. 그의 이야기는 이랬다.

"변 전 실장은 학창 시절 미술을 좋아했답니다. 하지만 그런 끼와 열정을 일단 접고 죽어라 고시 공부에 매달렸겠지요. 그렇게 해서 공직에 들어온 이후에도 30여 년간 밤낮없이 일만 했을 테고요. 그 덕분에 마침내 장관이라는 사회적 지위를 성취했지만, 젊고 예술적 감각까지 갖춘 신정아를 만나면서 자신이 접었던 꿈과 함께 마음속의 로맨스가 되살아나면서 흔들리게 된 걸 겁니다."

그 자리에 있었던 중·장년층 참석자들은 그 이야기에 상당히 수긍하는 분위기였다. 그의 말이 이어졌다. "아무리 부나 권력을 손에 쥐어도 결국에는 허무함을 느끼게 되어 있습니다. 그런 상황에서 로맨스를 통해 맛보는 '남자로서의 존재감'은 이성만으로는 좀처럼 제어하기 힘든 부분입니다.”

페미니스트들이 이 말을 들으면 도저히 동의할 수 없을 것이다. ‘남성편의적 사고’ 혹은 ‘비도덕적’이라며 온갖 비난이 쏟아질 것이 뻔하다. 하지만 앞서 전제한 것처럼 그야말로 ‘인간적인’ 측면으로만 생각해보자. 남편과 자식 뒷바라지하다가 ‘내 인생은 뭔가’ 하고 허무함을 느끼면서 한편으로는 로맨스를 꿈꾸는 중·장년층 주부들의 심리도 이와 비슷한 맥락일 수 있을 것 같다.

한편으로는 이렇게 볼 수도 있겠다. 보통 여성은 자신의 노력 외에도 결혼을 통해 신분상승을 향한 ‘제2의 기회’를 엿볼 수 있다고들 한다. 이와 달리, 남성은 인생의 모든 것을 자신의 힘으로만 해결해야 한다. 그런 과정을 거치면서 생기는 ‘미처 누리지 못한 낭만을 갈구하는 마음’은 여성의 그것과는 어쩌면 조금 다른 성질의 것일지도 모르겠다.

♯3

어른들이 흔히 “사고를 쳐도 젊을 때 치라”고들 말씀하신다. 잠시 흔들리더라도 망가졌던 부분을 복구할 시간적 여유가 있고, 기실 이룬 것이 없기에 잃을 것도 별로 없기 때문이다. 그래서 젊었을 때에는 사랑을 해도 완전히 미쳐 열정적으로 해도 된다.

하지만 나이가 들어가면서는 좀 더 ‘책임 있는 사랑’을 해야 한다. 가정과 사회적 지위와 여러 사람들과의 관계 등 소중한 것들이 많아지다 보니 그저 내 감정만 앞세울 순 없는 노릇이다. 아, 윤리·도덕 운운하는 공자님 말씀을 하자는 것이 아니다. 스탕달은 “사랑의 감정은 열병과 같은 것이어서 자신의 의지나 나이와는 상관이 없다"고 했다. 불쑥 찾아오는 사랑의 감정이 억지로 눌러지는 것은 아니다.

책임 있는 사랑이란, 이를테면 영화 〈메디슨 카운티의 다리〉에 나오는 중년의 남녀 킨케이드와 프란체스카를 예로 들 수 있겠다. 킨케이드는 유부녀인 프란체스카에게 무뚝뚝하면서도 진실한 사랑 고백을 한다. "이런 종류의 확실한 감정은 평생 단 한 번 오는 거요 This kind of certainty comes but once in a lifetime." 하지만 그들은 함께 떠나는 모험을 하는 대신, 책임 있는 이별을 했기에 더 아름다운 사랑을 평생 간직할 수 있었다.

이와는 반대로 매우 극단적인 사랑의 전설도 있다. 중세 독일의 이야기다. 젊은 백작이 덴마크를 여행하다 길을 잃었다. 그러다 우연히 아름다운 성을 발견했다. 성에는 두 아이와 함께 사는 아름다운 미망인 오라뮨데 백작부인이 있었다.

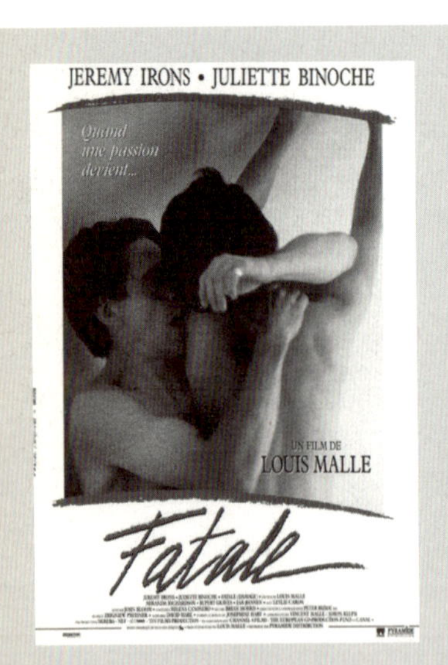

〈데미지Fatale, Damage〉
감독 루이 말
주연 제러미 아이언스, 쥘리에트 비노슈
제작 연도 1992년
러닝 타임 111분

둘은 곧 사랑에 빠졌다. 하지만 젊은 백작은 부모의 반대가 두려웠다. 그는 오라뮨데 부인에게 '네 개의 눈'이 사라지면 다시 올 것을 기약

영화, 나의 멘토가 되다

하고 일단 고향으로 돌아왔다. 하지만 젊은 백작의 부모는 의외로 흔쾌히 둘 사이를 허락해주었다.

수개월 후 젊은 백작은 다시 부인의 성으로 돌아왔다. 부인은 이전과는 분위기가 영 딴판이었다. 부인은 그에게 "이제 네 개의 눈이 없어졌으니 결혼할 수 있겠냐"고 묻는다. 사연인즉 부인은 네 개의 눈이 부인의 두 아이를 말하는 것으로 생각하고 아이들을 죽여버린 것이었다. 이미 네 개의 눈인 부모로부터 허락을 받았던 그는 그 사실을 알고 부인에게서 정신없이 도망쳐 버린다.

＃4

영화 〈데미지〉 이야기로 다시 돌아오자. 스티븐은 모든 걸 잃은 이후, 기차역에서 우연히 안나를 보게 된다. 그녀는 다른 사람과 결혼해서 아이를 안고 있었다. 영화에는 스티븐의 쓸쓸한 독백이 흐른다. "그녀는 다른 사람과 크게 다르지 않았다."

세상 모든 것을 잃더라도 만나고 싶었던 그녀였지만, 헤어지고 보니 별다를 게 없는 여자였다 이거다. 그래서 시인 로맹 롤랑Romain Rolland은 이렇게 말했다. "여자는 완벽하게 변화할 수 있는 무서운 재능을 지녔다. 이런 재능은 그녀를 사랑하는 남자들을 두렵게 만든다."

"상처받은 사람들은 위험해요. 살아남는 방법을 알거든요Damaged people are dangerous. They know they can survive." 영화 속에서 안나가 스티븐에게 한 말이다. 물론 다른 사람의 취향을 일률적으로 재단하고 싶지는 않지만 (영화 속 안나도 그렇듯) 중년의 남자를 좋아하는 여성의 마음속에는 같은 또래와 했던 사랑에서 상처를 받았던 경우가 상당히 많다. 아니면 정말로 순수하거나.

이미 상처를 받아봤던 그들은 더 자극적이고 열정적이면서 모험적인 사랑을 추구하면서도, 그로 인한 상처에서 자신을 보호할 수 있는 본능이 훨씬 더 발달해 있다. 상대편 중년 남자보다도 말이다. 만약 젊은 시절 로맨스를 경험하지 못했던 중년 남자라면 감정 처리에 오히려 훨씬 더 미숙할지도 모른다.

중년 남자들이 참고할 만한 명언 한 가지를 소개하면서 장설을 그만 마칠까 한다. "복수와 사랑에서 여자는 좀 더 야만적이다." 니체의 말입니다.

영화, 나의 멘토가 되다

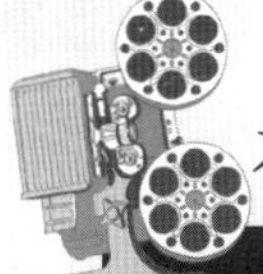

제2부 | 세상에서 가장 소중한 가족

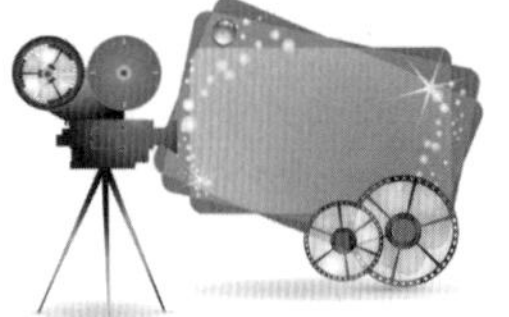

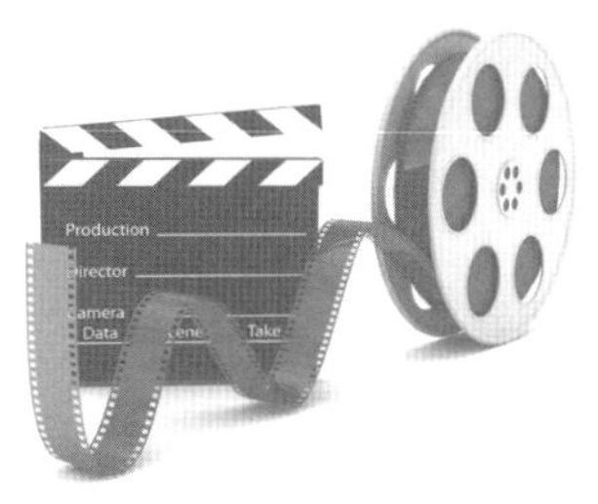

01

학원 잘 보내면 '좋은 아빠'일까

〈즐거운 인생〉

#1

우리나라의 많은 부모들은 오로지 자식을 위해 산다. 특히 어머니들이 더 그렇다. 누구나 어머니의 사랑으로 자라난다. 어머니의 자식에 대한 사랑은 정말로 위대하다.

하지만 때로는 엄청난 어머니의 사랑이 오히려 잘못된 결과를 낳기도 한다. 사실 요즘 어머니들은 현실적인 사회상에 대한 적응이 빠르다. 그러다 보면 눈에 보이는 결과만을 쫓게 되고, 이로 인해 삶의 즐거움이나 참된 인생의 목표가 묻혀버리기도 한다. 그렇게 정작 소중한 것을 잃어버리고 살아가는 경우가 참 많다.

자식은 자신이 원하는 것이 아니어도, 행복을 느끼지 못하더라도 감히 어머니가 주는 사랑을 거부하기 힘들 때도 있다. 맹목적인 사랑이

69

가져올 수 있는 함정이다. 이로 인해 자식이 잘 되길 원하는 어머니의 마음과는 다르게 종종 나쁜 결과가 벌어지기도 한다.

어떻게 하면 이런 일을 막을 수 있을까. 막사이사이상^{Magsaysay} Award을 수상한 법륜 스님이 하셨다는 주례사에 그 해답에 대한 힌트가 담겨져 있다.

"⋯⋯ 부부는 아이 세 살 때까지만 애를 우선적으로 하고 그 이후에는 어떤 일이 있더라도 남편은 아내, 아내는 남편을 우선으로 해야 합니다. 아이는 늘 이차적으로 생각하십시오. 대학에 떨어지든지 뭘 하든지 신경 쓰지 마십시오. 누가 제일 중요하냐? 아내와 남편이 첫째입니다. 남편이 다른 곳으로 전근 가면 무조건 따라가십시오. 돈도 필요 없습니다. 학교를 몇 번 옮겨도 됩니다. 이렇게 남편은 아내를, 아내는 남편을 중심으로 놓고 세상을 살면 아이들은 전학을 열 번 가도 아무 문제없이 잘 삽니다. 그런데 애를 중심으로 놓고 오냐오냐하면서 자꾸 부부가 헤어지고 갈라지면, 애는 아무리 잘해줘도 망칩니다. ⋯⋯"

인성이나 습관을 길러야 하는 세 살 무렵까지는 아이에 집중하되, 그 이후에는 부부가 서로 아끼고 존중하는 모습을 보이는 것이 자녀를 잘 키우는 데 도움이 된다는 가르침이다. 또 모성으로 똘똘 뭉쳐 아이를 키워내는 어머니에 더해 아버지의 역할 역시 중요하다는 시사점도 담겨 있다 할 수 있을 것 같다.

영화, 나의 멘토가 되다

＃2

영화 〈즐거운 인생〉은 '이루지 못한 꿈'에 대해 이야기하고 있다. 이 영화는 음악영화이기도 하면서, 고단한 아버지의 삶을 다룬 영화이기도 하다.

영화에는 서로 친구 사이인 네 명의 아버지가 나온다. 그들은 대학 시절 밴드 '활화산'을 함께했다. 그런데 어느 날 리더 역할을 했던 상우가 죽는다. 상가에 나머지 친구들인 기영, 성욱, 혁수가 찾아온다. 친구들은 상우의 죽음을 계기로 그들의 밴드 '활화산'을 재결성하려고 한다. 하지만 계속 음악인의 길을 걸었던 상우와 달리 나머지 친구들은 현실의 무게에 짓눌려 음악을 다시 시작하기가 쉽지만은 않다.

먼저 중고차 판매상을 하던 혁수를 살펴보자. 혁수는 그나마 경제적으로 제일 풍족한 삶을 살고 있었다. 그는 자식의 조기 영어교육을 위해 아내와 아들을 캐나다로 보낸 '기러기 아빠'다. 하지만 아내에게 다른 남자가 생기면서 일방적으로 이혼을 통보받는다.

성욱은 직장에서 해고된 후에도 낮에는 택배, 밤에는 대리운전을 하

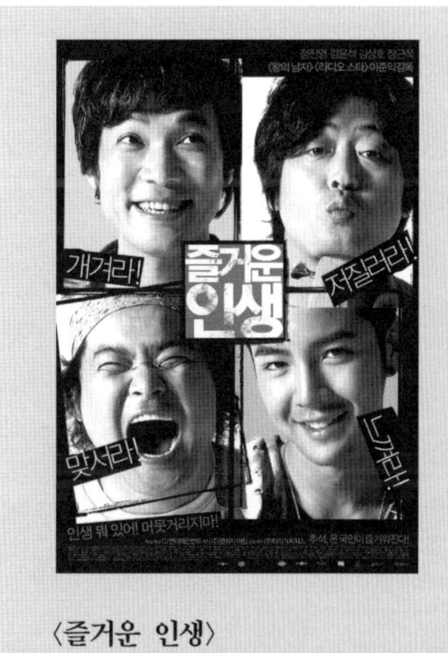

〈즐거운 인생〉

감독 이준익

주연 정진영, 김윤석, 김상호, 장근석

제작 연도 2007년

러닝 타임 112분

제2부 | 세상에서 가장 소중한 가족

며 가정을 위해 최선을 다한다. 물론 아내도 남편의 고생을 잘 안다. 하지만 아내가 아이들을 여러 학원에 보낼 욕심으로 남편에게 무리한 요구를 멈추지 않아 밴드 활동할 시간을 빼기가 곤란하다.

기영의 신세도 우울하다. 그는 금융기관에서 일하다 해고당한 백수다. 그나마 아내가 교사인지라 경제적 압박은 덜하지만 항상 '눈칫밥' 신세다. 딸의 친구들이 집에 놀러 오면 집 밖에서 서성일 정도다. 그런 처지에 가족들에게 자신의 밴드 활동을 털어놓기란 쉽지 않은 일이다.

그들은 온갖 어려움을 뚫고 밴드 활동을 하게 되지만, 그 과정에서 세 사람의 가정은 각각 다른 상황을 맞는다. 앞서 말했듯 혁수는 일방적으로 이혼을 당한다. 혁수는 아들을 위해 양육비를 보내지만 정작 아들에게 아버지의 존재감은 거의 없다. 반면 성욱은 아내가 가출하는 위기를 겪지만 결국 화해한다. 그나마 기영은 바람피운다는 오해를 받는 정도에 그친다.

물론 세 사람의 처지가 모두 다르다는 점도 있겠지만, 왜 이런 차이가 발생했을까.

♯3

그건 아마도 아버지로서 고생하는 모습을 아내와 자식들이 직접 느끼느냐 아니냐의 차이가 아닐까. 혁수의 아내는 타지에서 남편의 고충을 전혀 느끼지 못하다보니, 바람도 피우면서 그저 남편을 자신과 자식에게 편의를 제공하는 이용 대상으로만 여길 뿐이다.

물론 여기에는 개개인의 인성 문제도 있을 것이다. 그래서 남자는 자신이 사랑을 바칠 만한 가치가 있는 여자를 고를 수 있는 눈을 가져야 불행해지지 않는다. 그 정도밖에 안 되는 여자다보니 자식에게 아버지의 의미를 심어주는 데도 무관심하다. 결국 혁수와 아들 사이를 연결해주는 것은 양육비밖에 없다. 아내에게 존경받지 못하는 남편은 자식들에게 존경받는 아버지도 될 수 없다.

성욱의 아내는 그래도 남편의 고생을 직접 보고 느낀다. 밴드 활동과 아이들 학원 보내는 문제로 인한 의견 충돌이 있지만 결국 남편의 꿈과 진심을 이해하게 된다. 아내가 교사인 기영은 가정경제에 대한 부담이 덜한 면도 있겠지만, 눈치를 보는 와중에도 아내와 고교생 딸에게 자신의 음악에 대한 열정을 이해시킨다.

기영은 가족 간의 커뮤니케이션에서 제일 능숙하고 바람직한 경우라 할 수 있겠다. 이 문제는 뒤에 다시 이야기하기로 하고 여기서는 일단 넘어가자. 죽은 상우는 어떨까. 상우는 나머지 세 친구에 비해 불우한 인생을 살았지만, 아들에게 음악에 대한 열정을 고스란히 물려준다. 상우의 아들 현준은 아버지를 대신해 밴드에 참여하며, 상우가 써놓고 미처 발표하지 못한 곡까지 대신 부른다.

상우는 아들이 자신처럼 비참한 음악 인생을 걷지 못하도록 한다. 그러나 그가 가진 열정과 꿈을 아들은 고스란히 이해하고 있었다. 상우는 비록 경제적으로는 무능했을지 모르나, 어쩌면 제일 행복한 아버지인지도 모르겠다.

아버지에게 경제적인 역할은 중요하다. 하지만 그 이전에 어머니가 미처 주지 못하는 꿈을 향한 마음과 삶에 필요한 신념을 줄 수 있어야 한다. "아버지로부터 받은 사랑과 교훈, 모범이 내 인생에서 가장 큰 도움이 되었다"는 근대 영국의 정치가 밸푸어Balfour, A. J.처럼 말이다.

여성의 지위가 높아지면서 '가부장'이란 단어가 무조건 나쁜 것으로만 치부되고 있다. 지금 시대와는 맞지 않는 것이라고들 한다. 물론 가부장제에는 권위적인 측면이 있고, 그로 인한 많은 부작용도 있다. 하지만 '권위적'인 것과 권위가 있는 것은 엄연히 다르다.

아버지가 권위적인 것은 좋지 않지만 아버지의 권위는 분명 살아 있어야 한다. 아버지의 노력과 땀을 자식들이 고스란히 이해하고 있어야 한다. 돈만 잘 번다고, 학원 많이 보내주고, 유학 보내준다고 좋은 아버지가 될 수는 없다. 아버지는 올바른 가치관과 꿈을 가져야 하고, 그것들을 아내와 자식에게 전해줄 수 있어야 한다.

#4

먹고살기 힘들어 아일랜드에서 미국으로 이민 와 부를 일군 케네디 가家에서는, 아버지가 식사 자리에서 자식과 아내에게 자신의 사업 이야기를 진지하게 해줬다고 한다. 이를 통해 온 집안이 합심해 아버지의 꿈을 이해하는 지지자가 되도록 한 것이다. 비록 나중에 불행이 닥치긴 하지만 이런 교육을 통해 대통령까지 배출하는 정치 명문가가 된다.

영화 속 인물들의 가족 간 커뮤니케이션(대화)을 살펴보자. 영화 속 주인공들 가운데 혁수는 가족과 멀리 떨어져 있기에 아예 커뮤니케이션 자체가 되질 않는다. 이는 가정이 깨진 이유 가운데 하나다.

성욱은 아내와 종종 대화를 하긴 하지만 그저 단편적인 이야기일 뿐이다. 밴드 활동에 대한 결심도 일방적인 통보를 통해 알린다. 그래서 성욱의 가정은 위기를 겪는다. 반대로 그 위기가 풀리게 된 계기도 진심으로 아내에게 자신의 밴드 활동에 대한 이해를 구했을 때였다.

기영은 앞서 말한 것처럼 조심스레 아내와 딸에게 자신의 밴드 활동에 대해 이해해달라고 부탁한다. 가족들이 서서히 자신의 밴드 활동을 알도록 한다. 아내의 구박을 참아내면서. 그래서 기영의 가족들은 기영의 변신에 대해 당황하지 않고 받아들일 수 있게 된다.

성욱의 가정이 위기에 처했을 때 기영이 성욱에게 이렇게 말한다. "요령껏 했어야지." 정말 맞는 말이다. 커뮤니케이션에는 아버지와 남편으로서 요령이 필요하다. 대화가 없어도 안 되고, 일방적인 통보도 안 된다. 가슴을 활짝 연 채 상황에 맞는 가족과의 커뮤니케이션을 유지할 수 있어야 한다. 그래서 셰익스피어는 "자기 자식에 대해 아는 아버지는 정말 슬기롭다"고 했나보다.

좋은 어머니가 되는 것만큼 좋은 아버지가 되기란 정말 어려운 것 같다. 자식에 대한 사랑에다 냉철함까지 더해야 한다는 측면에서 보면, 좋은 아버지가 되는 것이 어쩌면 좀 더 어려운지도 모르겠다.

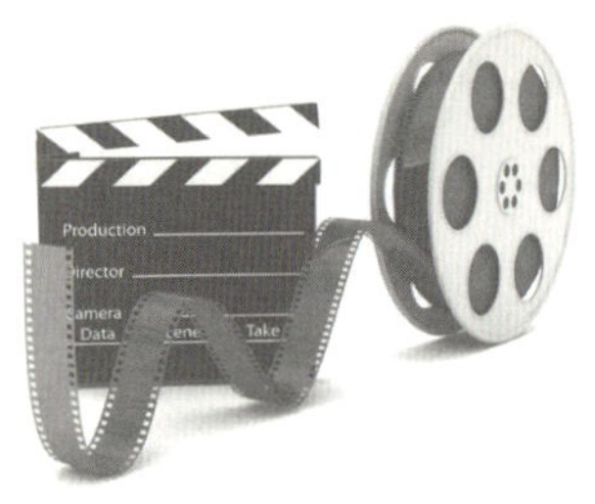

02

돈 버는 일보다 더 소중한 것

〈내일의 기억〉

사랑이란 과연 무엇일까? 매우 어려운 질문이다. 사랑은 참 어러 가지 얼굴을 하고 있으니까. 그러면서도 그 얼굴의 한 단면이라도 제대로 본 사람은 별로 없으니까.

사랑은 참 이상하다. 사랑만으로는 밥도 먹지 못하고, 옷도 입지 못하고, 잠잘 곳도 만들지 못한다. 그러면서도 사람은 사랑 없이는 살아가기 힘들다. 사랑이 무엇인지 잘 알 수는 없지만 누구에게나 자신만이 갖고 있는 사랑의 의미는 있을 것이다.

음……. 난 이렇게 생각한다. 사랑이란 소중한 추억을 함께 나눠 갖는 것이 아닐까. 그 추억이란 그저 단순하게 좋은 기억만을 말하는 것이 아니다.

추억은 내 몸과 내 몸속에 담긴 영혼 외에 또 다른 나 자신이다. 내

76

·

영화, 나의 멘토가 되다

몸이 없어져도, 내 영혼이 흩어져도, 내 사랑하는 사람들은 추억 속에서 또 하나의 나를 떠올리기 때문이다. 사랑하는 사람과의 따뜻한 추억은 신비한 사랑의 힘 덕분에 결코 사라지지 않는다. 비록 그의 육신과 영혼이 모두 사라진다 해도 말이다.

누군가가 남자는 망각으로 살아가고, 여자는 추억으로 살아간다고 했다. 내 생각은 약간 다르다. 남자들은 여자들보다 조금 더 단순할 뿐이다. 단순해서 모두 다 담을 수 없다보니 정작 많은 것들을 잊어버리고 살아가는 것뿐이다.

그러다 보니 남자에게 추억은 잘 보이지 않는 가슴속 깊은 곳에 꼭꼭 숨어 있다. 영화 〈내일의 기억〉 속 주인공인 남편 사에키 마사유키(와타나베 겐)처럼. 마사유키는 '기억을 잃어버리는' 알츠하이머병에 걸리기 전까지는 여느 일본 남자들과 비슷한 인생을 산다(한국 남자들도 별로 다르지는 않을 것이다).

오직 일에만 파묻힌 채 가정의 모든 일은 아내 에미코에게 다 맡겨버린다. 그러는 사이, 가족과 함께 만들어가야 할 소중한 추억들은 일이라는 거대한 파도에 쓸려 가버린다.

그는 오히려 알츠하이머 병에 걸려 회사를 관둔 이후에 사랑하는 가족과의 추억을 소복하게 쌓아갈 수 있게 된다. 남편은 남자로서의 당당한 모습을 잃어버리게 되었다며 괴로워하지만, 정작 아내는 그런 것에는 크게 개의치 않는다. 오히려 사소한 일상의 하나하나를 남편과 함께한다.

아내 에미코는 정말 좋은 사람이다. 현명한 사람이고 사랑으로 충만한 사람이다. "남자는 자기가 알고 있는 것을 말하고, 여자는 상대가 기뻐하는 것을 말한다"는 루소Jean Jacques Rousseau의 명언을 떠올리게 하는 사람이다. 사랑 속에서, 사랑으로 만들어내는 추억 속에서 여자는 남자보다 훨씬 위대한 것 같다.

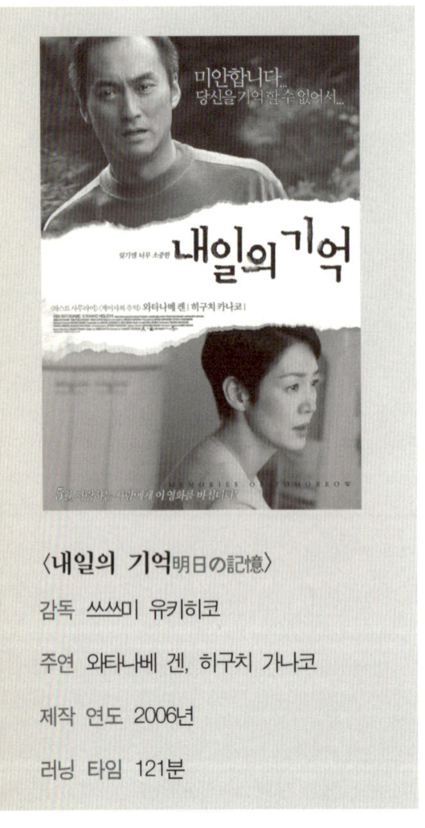

〈내일의 기억明日の記憶〉

감독 쓰쓰미 유키히코

주연 와타나베 겐, 히구치 가나코

제작 연도 2006년

러닝 타임 121분

남편은 점차 기억을 잃어간다. 하지만 사랑하는 아내를 만나던 순간의 기억만큼은 잃고 싶지 않다. 가슴 벅차던 그녀와의 추억을 결코 흩어진 기억 속으로 날려버리고 싶지 않다. 남편은 그녀의 이름이 적힌 미완성의 찻잔을 완성하기 위해 그들의 사랑의 흔적이 고즈넉이 묻혀 있는 옛 도예공방으로 간다.

나는 남편을 보며 정말 안타까웠다. 그는 시간이 모자라 사랑의 추억을 겨우 찻잔 하나에만 담을 수 있었다. 물론 남편처럼 열심히 일해서 돈을 버는 것은 중요하다. 그러나 가족은 그보다도 더 소중하다. 더 소중한 것을 뒤로 미뤄서는 안 된다. 가족과 추억을 만들어가는 일은 그 어느 것보다 맨 앞에 있어야 한다.

추억은 식물과도 같다. 싱싱할 때 심어두지 않으면 제대로 뿌리를 내리지 못한다. 싱싱한 젊음 속에서 싱싱한 추억을 남겨놓지 않으면 안

영화, 나의 멘토가 되다

된다. 시간이 충분히 남아 있을 때 가족과 만든 추억이 우리 인생에 천천히 뿌리내릴 수 있도록 해야 한다. 훗날 삶을 마감할 때, 추억 대신 후회가 가슴속에 멍울지지 않게 하려면 말이다.

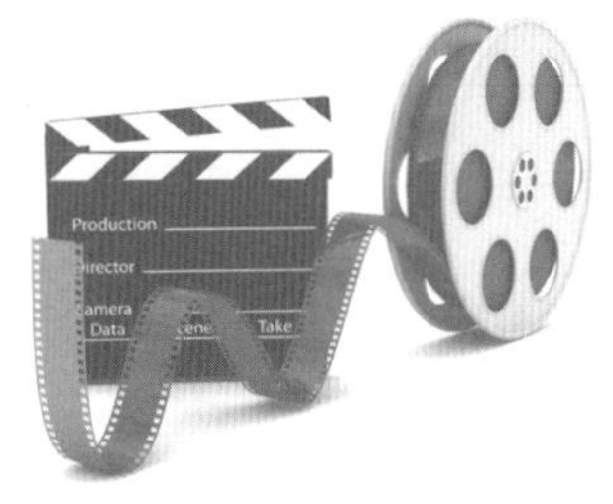

03

그가 달리기를 잘하는 이유

〈맨발의 기봉이〉

#1

이번 글을 시작하기 전에 먼저 밝혀둘 것이 있다. 쓰기 전부터 드는 느낌이 이번 글은 별로 재미가 없을 것 같다. 시간이 정말 남는 분이 아니라면, 재미난 글을 원하는 분이라면 페이지를 건너뛰기를 바란다. "아니, 시작도 하기 전에 이런 자신 없는 소리를 하냐"고 할지도 모르겠다. 이렇듯 약한 소리를 하는 것은 글의 소재로 삼은 영화가 바로 〈맨발의 기봉이〉이기 때문이다.

이 영화는 어릴 적 앓은 열병으로 8세에서 지능이 멈춰버린 40대 소년 기봉 씨를 다룬 다큐멘터리에 약간의 허구를 더해 만들었다. 보통 사람과는 다른, 특별한(?) 어떤 이의 삶이 주는 메시지보다도 더 감동적인 언어를 구사할 능력이 불행히도 내게는 없다. 예전에 나온 기봉 씨의 원작 다큐멘터리를 봤는데, 이 영화는 적어도 나에게는 그 다큐멘터리보다 그다지 감동적이지 않았다. 아무래도 진실보다 더 진실 같은 허구는 없을지도 모르겠다. 물론 배우 신현준의 연기는 아주 훌륭했다. 하지만 실제 인물 기봉 씨의 해맑은 미소가 주는 깊은 울림에는 당연히 (?) 미치지 못했다. 이런 면에서도 실제 인물을 다룬다는 것은 정말 어려운 작업이지 싶다.

♯2

〈8월의 크리스마스〉 편에서도 잠깐 신영복 교수의 말을 인용한 적이 있다. 한 강연에서 한 말인데, 개인적으로 워낙 울림이 깊어서 이번 글에서 좀 더 자세히 소개한다.

신영복 교수는 과거 독재정권에 의해 20년간 감옥생활을 하면서 많은 재소자들을 지켜봤다. 신 교수의 말에 의하면 재소자들을 정말 고통스럽게 하는 것은 차가운 감옥 바닥도, 거친 식사도, 자유의 박탈도 아니었다.

그들을 가장 힘들게 하는 것은 감옥 바깥에 두고 온 사람에 대한 걱정이었다. 두고 온 자식들이 끼니를 제대로 먹나, 아내는 밥벌이에 고생하지 않나, 부모님은 편찮으시지 않나, 애인은 변심하지 않을까 등등. 그 자신보다는 '다른 사람과의 관계'로 인해 잠을 이루지 못한다는 설명이었다.

신 교수는 그래서 "진정한 자신의 모습은 다른 사람과 맺고 있는 관계에서 찾을 수 있다"며 "자신과 관계를 맺은 사람과의 만남에 항상 최

제2부 | 세상에서 가장 소중한 가족

선을 다하라"고 말했다. 그것만이 더 많이 갖고 더 많이 누릴수록 커가는 상실감과 소외감을 극복할 수 있는 유일한 해결책이며, 인생의 의미를 찾을 수 있는 유일한 방법이라는 가르침이었다.

요즘 시대를 사는 우리의 주요 관심사는 바로 경쟁이다. 더 좋은 대학에 가는지 못 가는지, 월급이 더 많은지 적은지, 얼마나 더 큰 아파트를 가지며 또 그 아파트 값이 얼마나 더 오르는지 등등. 온통 이기느냐 지느냐, 혹은 더 많이 가지거나 누리는 것에만 관심이 있다.

언젠가부터 우리들의 삶에서 '사람과의 관계'가 주는 의미가 빠져버렸다. 사람과 사람 사이에 진심이 사라져버렸다. 대부분 이해득실에 따라 움직일 뿐이다. 가족관계조차도 그런 경우가 많다. 세상이 점점 삭막해지고 스산해진다.

또 나를 포함해 많은 사람들이 다른 사람과의 관계에서 점점 수동적으로 변해가고 있다. '저 사람이 나한테 이렇게 하면 나도 저렇게 해준다'는 식이다. 이렇게 우리들이 맺는 관계에는 늘 조건이 붙는다. 머리가 다 아플 지경이다. 그러다 보니 삶에선 어느덧 즐거움이, 행복이, 사랑이 사라지고 있다.

＃3

기봉 씨는 늘 뛴다. 허드렛일로 얻은 먹을거리를 식기 전에 빨리 엄마에게 갖다드리고 싶어서다. 그는 엄마가 좋다. 늘 엄마 생각뿐이다. 다른 이유는 없다. 그냥 엄마이기 때문이다. 엄마니까, 그저 엄마가 옆에 있는 것만으로도 늘 좋다.

그래서 엄마에게 잘 해준다. 8세에서 지능이 멈춰버린 배운 것도 재산도 없는 기봉 씨지만, 엄마에게는 든든한 힘이자 삶의 버팀목이 되는 아들이다. 엄마에게 기봉 씨는 세상 어느 누구보다도 고마운 존재다.

나를 포함해 많은 사람들은 당연히(?) 기봉 씨보다 머리가 훨씬 더 좋다. 그리고 더 많이 배웠다. 수입도 많다. 더 좋은 집에 산다. 하지만 기봉 씨가 엄마에게 그러하듯, 자신의 부모에게 그토록 의미 있는 존재가 되는 사람이 과연 얼마나 될까.

부끄러운 고백이지만 그런 면에서 보면 당장 나부터도 기봉 씨보다 훨씬 못한 사람이다. 사실 세상 그 어느 누가 기봉 씨보다 낫다고 감히 나설 수 있을까. 물론 기봉 씨라면 다른 사람을 대할 때 그런 비교조차도 생각하지 않겠지만 말이다.

흔한 이야기로 "나이 마흔에는 자신의 얼굴에 책임을 지라"는 말이 있다. 영화

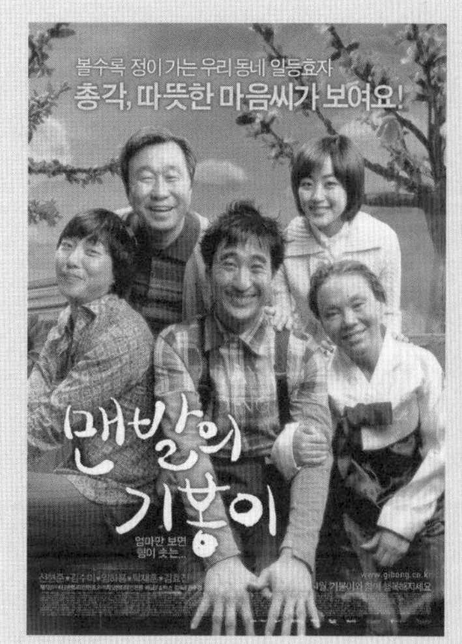

〈맨발의 기봉이〉

감독 권수경

주연 신현준, 김수미, 임하룡, 탁재훈,
　　 김효진

제작 연도 2006년

러닝 타임 100분

초반부에도 잠깐 나오지만 실제 기봉 씨의 미소는 정말 해맑다. 스스로에게 물어본다. "나도 과연 마흔 살에 저토록 맑은 미소를 가질 수 있을까?" 지금으로서는 도무지 자신이 없다. 또 다른 생각이 머리를 스친

제2부 | 세상에서 가장 소중한 가족

다. '과연 지금의 나는 제대로 잘 살고 있는 걸까?'

＃4

분위기가 조금 무거워진다. 이 대목에서 종합경제지에 몸담은 기자다운(?) 이야기를 딱 하나만 더 소개하고 끝맺자.

기봉 씨는 달리기를 잘한다. 남들보다 잘하는 게 있다는 것은 기분 좋은 일이다. 그런데 기봉 씨는 잘하려고 연습을 해서 잘 달리게 된 것이 아니다. 앞서도 얘기했지만, 엄마에게 식기 전에 먹을 것을 가져다 드리려고 늘 달리다 보니 그렇게 되었다.

이와 관련해 예전에 어느 선배의 부동산 재테크 성공사례가 생각났다. 예순이 넘은 선배는 평생 부동산 투기 같은 것은 모르고 살았다. 그저 열심히 저축해서 모은 돈으로 아파트 한 채를 사서 병든 노모를 모셨다.

그런데 혼자 사는 장모가 외로우셨는지 같이 살자고 했다. 하지만 한집에서 두 분을 다 모시고 살 수는 없는 상황이었다. 궁리 끝에 장모가 사는 아파트의 옆 호로 옮겨 들어갔다. 아침저녁으로 왔다 갔다 하며 찾아뵙기로 한 것이었다.

당시 장모가 살던 아파트는 미분양 상태라 시세도 낮았다. 그래서 가까운 집을 어렵지 않게 얻었다. 그런데 그 아파트가 최근 몇 년 사이 몇 배나 값이 뛰어올랐다. 투기를 하려고 한 것은 아니었지만 정작 기를 쓰고 투기를 한 것보다 훨씬 큰 시세 차익을 얻었던 것이다.

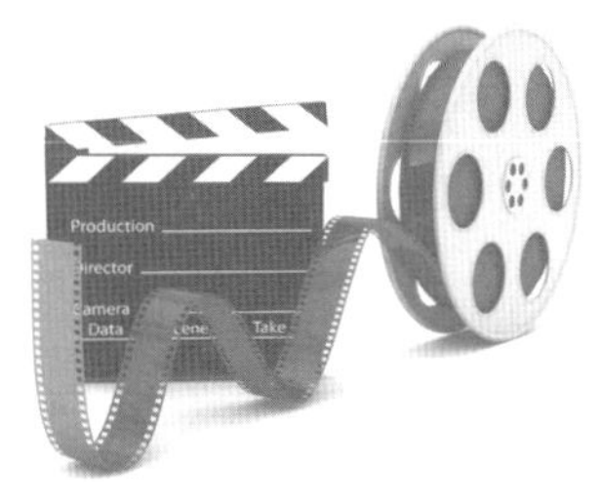

04

인간이 범하는 가장 큰 죄는?

〈미스터 앤드 미세스 스미스〉

탈무드에 이르길 "풍족한 인간이란 자기가 갖고 있는 것으로 만족할 수 있는 사람"이라 했다. 맞는 말이다. 삶은 고마움을 느끼는 것을 통해 풍요로워진다. 감사한 마음처럼 아름다운 것은 없다.

그런데 실제로 보면 풍족한 것은 없는 것이나 마찬가지인 경우가 많다. 늘 있는 것들, 노력하지 않아도 얻을 수 있는 것들은 그 존재조차 느끼지 못한다. 흔히 드는 예로 공기가 그렇고 물이 그렇다. 하지만 공기나 물이 없는 세상은 단 한순간도 상상하기 힘들다.

일상에서 느끼는 권태도 이와 비슷한 경우다. '(어떤 일이나 상태에 시들해져서 생기는) 게으름이나 싫증'. 국어사전에 나와 있는 권태에 대한 설명이다. 다시 말해 자기에게 주어진 것들이 새롭거나 즐겁지도 고맙지도 않은 상태를 말한다.

그러나 인생이란 게 어디 그렇게 만만한 것이던가. 권태는 삶을 무덤 속으로 한 삽씩 한 삽씩 자신도 모르게 파묻어 간다. 신은 의외로 속이 좁다. 고마워하지 않는 것을, 즐거워하지도 않는 것을 누리게끔 허락하지 않는다. 신은 인간이 누리는 것이 얼마나 소중한 것인지를 반드시 깨닫도록 만든다.

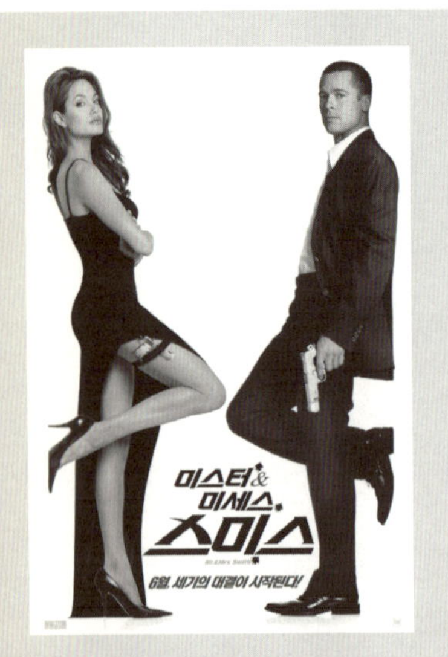

〈미스터 앤드 미세스 스미스
Mr. & Mrs. Smith〉

감독 더그 라이만

주연 브래드 피트, 앤젤리나 졸리

제작 연도 2005년

러닝 타임 119분

영화 〈미스터 앤드 미세스 스미스〉는 권태에 빠진 부부에 관한 영화다. 물론 설정이 황당한 '팝콘 무비'다. 킬러라는 신분을 서로에게 숨기고 사는 부부. 5년 이상 살며 그들은 서로에게 무감각해진다. 그러다 조직의 이해에 얽혀 서로를 죽여야만 하는 상황에 처한다. 그 과정에서 부부는 서로의 소중함과 사랑을 느낀다.

오락영화 특유의 과장이 심한 설정과 영화적 재미를 위한 액션은 그냥 그대로 즐기면 된다. 하지만 영화에서 말하는 것처럼, 소중한 일상이 정말로 소중하다고 느끼게 되기까지는 정말 엄청난 대가가 따른다. 주인공 킬러 부부가 서로의 목숨이 왔다 갔다 하는 상황에 처하는 것처럼.

부부간 권태에 관한 영화 가운데 기억나는 것으로 제임스 캐머런 감

영화, 나의 멘토가 되다

독의 〈트루 라이즈〉가 있다. 이 영화는 〈미스터 앤드 미세스 스미스〉와 이 밖에도 또 하나의 공통점이 있다. 우리가 누리는 일상의 가치가 정말 크다는 주제를 담고 있는 점이다. 늘 보는 남편과 아내, 자식 같은 가족과 그 속에서 주어지는 일상생활이 얼마나 소중한 것인지 깨닫기까지 엄청난 소동과 혼란이 일어난다.

그렇다고 할리우드 영화가 늘 설파하는 '가족주의' 얘기를 하자는 것은 결코 아니다. 물론 가족은 소중한 것이지만 상업영화에서처럼 그저 예쁘고 좋게만 그리면 다 되는 문제가 아니란 얘기다. 그렇다 해도 가족을 포함해 우리에게 주어진 모든 것들에 대해 감사하며 살아보자. 그편이 행복해지는 데 훨씬 도움이 된다.

그래서 세르반테스Miguel de Cervantes는 "인간이 범하는 가장 큰 죄는 감사할 줄 모르는 것"이라 일갈하기도 했다. 실제로 우리가 늘 누구에게, 특히 가장 가까운 가족에게 감사하고 있을 때 불화나 반목 같은 것은 발붙이지 못한다. 그렇다면 행복의 전제 조건 가운데 적어도 하나는 채워진 것이 아닌가 말이다.

아니 조금 더 과장(?)해 이야기하면 행복이란 바로 감사하는 마음 그 자체이기도 하다. 가뿐하게 잠에서 깨어나는 아침, 가족사진이 놓인 내 책상, 머리가 좀 아프긴 해도 늘 주어지는 일거리, 힘겨운 몸 끌고 돌아가면 반겨주는 가족들, 늘 먹지만 늘 맛있는 된장찌개……

이 모든 것에 고마워하자. 일상이 권태롭다 생각하지 말고. 적어도 행복해지고 싶다면 말이다.

사족 하나. 부부 관계를 다룬 영화에서 부부 얘기를 하지 않고 그냥 넘어가려고 하니 허전하다. 위인이 남긴 명언 한마디로 대신한다.

"가장 과묵한 남편은 가장 사나운 아내를 만든다." 영국의 정치가 디즈레일리Benjamin Disraeli의 말이다.

영화, 나의 멘토가 되다

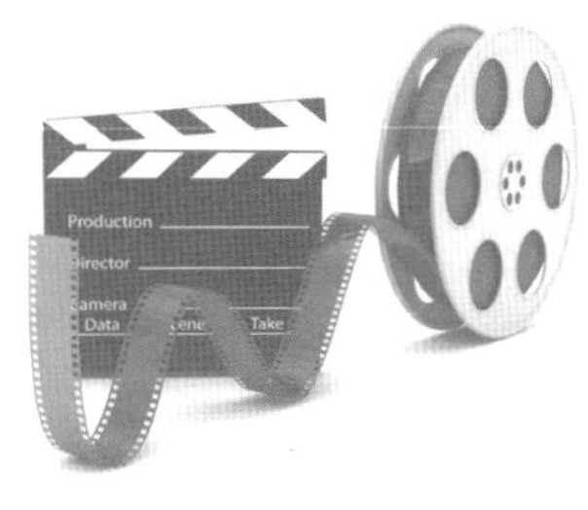

05

나는 너의 아버지다

〈스타워즈 에피소드 3: 시스의 복수〉

#1

아버지의 사랑은 어머니의 사랑보다 작아 보인다. 아버지의 사랑은 어머니의 그것처럼 섬세하거나 포근하지 않아서다. 아버지의 사랑은 마치 공기와도 같다. 평소에는 잘 느껴지지 않다가 한순간이라도 멀어지는 순간, 바로 알게 되는 그런 사랑이다.

아버지는 가족의 지붕이고 기둥이고 울타리다. 그 속에서 어머니가 아이들과 도란도란 사랑의 꽃을 피울 수 있게 묵묵히 지켜보며 외부의 비바람을 견뎌낸다. 그렇다고 해서 아버지의 역할이 현실적이고 경제적인 역할에만 머문다는 얘기는 결코 아니다.

언젠가 강연에서 들은 박동규 교수의 얘기가 생각난다. 박 교수는 박목월 시인의 장남이다. 시인의 아들에게 가난은 필연이었다. 박 교

89
·

수가 중학교에 입학할 때였다. 늘 헌 옷을 입고 다니던 그는 반들반들한 새 교복이 너무나 입고 싶었다. 하지만 중고 교복밖에 입을 수 없었다.

시인 아버지는 경제적인 능력이 없었다. 그 빈자리를 채우는 일은 고스란히 어머니의 몫으로 돌아갔다. 어머니는 삯바느질 등 온갖 고생을 묵묵히 견디었다. 사춘기 반항기가 박 교수에게도 왜 없었을까. 뻔한 형편인데도 아버지에게 새 교복을 사달라며 몽니를 부렸단다.

그러고 며칠이 지났다. 시인은 출판사에 나갔다가 퇴근길에 아들에게 뭔가를 툭 내던졌다. 새 교복이었다. 어린 아들은 정말 신이 났다. 새 옷을 입고 맘껏 뽐내며 학교 갈 생각에 기분이 들떴다. 그런 와중에도 그의 눈에 아버지의 파랗게 물든 손가락이 보였다.

아들은 나중에 사실을 알게 되었다. 아버지는 아들에게 새 교복을 마련해주기 위해 몇 날 며칠 밤을 새우며 외부 기고를 의뢰받아 글을 썼다. 시인의 자존심으로 웬만해서는 시 외에 다른 글은 잘 쓰지 않던 아버지였다. 그런 아버지였건만 아들의 바람을 들어주고 싶어, 밤을 새며 손가락 끝이 잉크에 물들어 파래지도록 글을 썼다.

박동규 교수는 시인인 아버지를 존경하고 있었다. 많이 사랑하고 있었다. 비록 경제적 능력은 덜했지만 말이다. 아버지가 준 사랑, 아버지가 준 재능, 아버지가 일깨워 준 인생의 참된 의미를 느끼고 있었다. 아버지가 만드는 울타리는 돈으로 만드는 것도, 지위나 명예로 만드는 것도 분명 아니다. 그건 사랑으로 만든다.

＃2

영화 〈스타워즈 에피소드 3: 시스의 복수〉는 아버지의 고민에 관한 이야기이기도 하다. 스타워즈 시리즈는 에피소드 '4, 5, 6'이 먼저 나왔고 '1, 2, 3'이 나중에 만들어졌으므로 줄거리는 이미 다 공개된 것이나 마찬가지다. 그중 에피소드 3은 루크의 아버지인 아나킨이 다스베이더로 변하기까지의 과정을 그리고 있다.

제다이의 가장 촉망받는 기사 아나킨과 사랑에 빠진 여왕 아미달라는 아이까지 임신한다. 그러나 제다이의 기사에게는 금지된 사랑이었다. 거기에다 아나킨은 아미달라가 죽게 될 운명이라는 것을 내다보고 괴로워한다. 어떻게든 사랑하는 여자와 자신의 자식들을 살리고픈 마음뿐이다.

그런 그에게 제다이의 규칙은 냉엄하다. 아나킨의 상담을 받은 마스터 요다는 운명을 그대로 받아들이라는 충고밖엔 하지 않는다. 스승인 오비완 케노비도 남몰래 이 연인들을 따뜻하게 위로해줄 뿐, 큰 도움이 되지 못한다. 그런 아나킨에게 악의 군주인 팰퍼틴 의장(시스 황제)은 어둠의 힘을 이용해 사랑하는 이들을 살릴 힘을

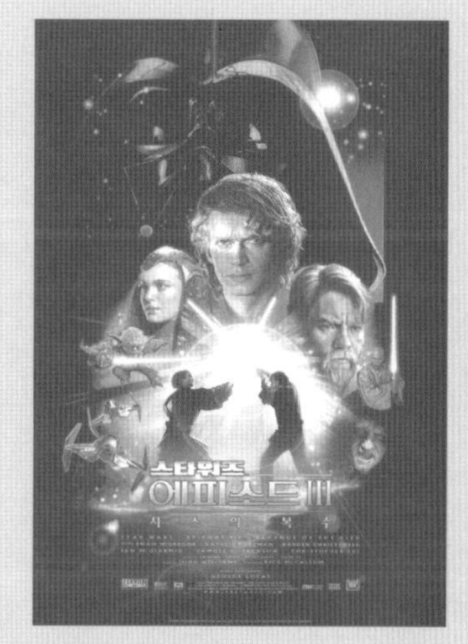

〈스타워즈 에피소드 3: 시스의 복수
Star Wars: Episode III: Revenge Of The Sith〉

감독 조지 루커스

주연 이완 맥그리거, 내털리 포트먼

제작 연도 2005년

러닝 타임 139분

얻을 수 있다고 유혹한다.

그러나 의장의 제안은 생명을 구하기 위한 것도, 사랑을 실현하기 위한 것도 아니었다. 어둠의 힘을 이용한 권력에 대한 탐욕일 뿐이었다. 결국 그 어둠의 유혹에 넘어간 아나킨은 그 자신도, 사랑하는 여인도, 자식들도 모두 불행하게 만들고야 만다. 악의 편에 선 아나킨은 아미달라에게 더는 기쁨이 되지 못한다.

아나킨은 태어날 아이에게 강한 아버지이고자 했고, 그의 연인을 지켜줄 강한 남자가 되고자 했다. 따라서 당연히 현실적인 힘을 얻고자 했다. 그러나 같은 힘이라도 순수하지 못한 악의 힘은 원래의 목적만을 달성하도록 결코 내버려두지 않는다. 아나킨은 사랑이 넘치는 강한 아버지와 남편이 아니라 단순한 권력의 화신으로 전락하고야 만다.

＃3

물론 세상을 살아가려면 현실적인 힘, 대표적으로 돈 같은 것이 필요하다. 돈은 기왕이면 많으면 많을수록 좋다. 그러나 돈을 버는 과정도 중요하다. 부정하게 벌고 남을 해하면서 벌어도 많이 벌어 부자만 되면 다일까. 그렇게 해서 돈 많은 아버지가 되기만 하면 아내와 자식들이 마냥 행복해할까.

세상은 공평한 곳이다. 신의 섭리일지도 모른다. 사랑을 이루기 위해 열심히 정직하게 번 돈은 원래 목적만을 위해 그렇게 쓰인다. 하지만 단순히 부 자체와 권력을 탐하기 위해 부정하게 번 돈은 엉뚱한 목적에 쓰이며, 그런 과정을 통해 정작 소중한 사랑과 행복을 파먹어 들

영화, 나의 멘토가 되다

어간다.

가정을, 자식과 아내를 지켜내는 울타리는 돈이 아니다. 돈은 그 울타리를 쌓는 재료의 하나일 뿐. 제대로 된 울타리를 올리고 단단히 엮어내는 데 필요한 것은 아버지의 당당한 정신세계와 노력, 그리고 가족에 대한 사랑이다. 그런 면에서 보면 제대로 된 아버지가 되기란 정말 어려운 일이지 싶다.

스타워즈 시리즈에서 가장 명대사는 바로 다스베이더가 아들 루크와 결투 끝에 루크의 팔 하나를 자르고 나서 내뱉는 말이다. "나는 너의 아버지다." 하지만 그 말에는 회한과 안타까움 같은 것이 진하게 묻어 있었다. 사랑과 자부심으로 내 아이들에게 당당히 말할 수 있어야 할 텐데. "아버지는 너희를 사랑한단다"라고 말이다.

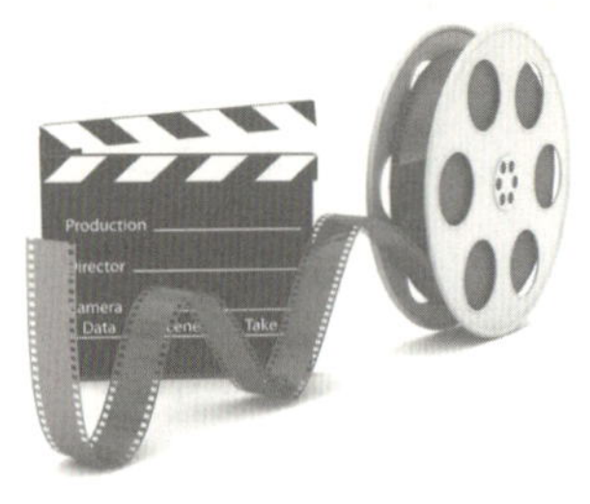

06

힘든 현실도 아름다울 수 있다?

〈취한 말들을 위한 시간〉

#1

2004년 무덥던 여름 어느 토요일 오후. 내 인생의 영화 중 하나로 꼽을 만한 영화 한 편을 만났다. 〈취한 말들을 위한 시간〉으로 이란의 영화다. 쿠르드 족 감독이 만든 최초의 작품이라고 한다. 온통 블록버스터가 판치던 극장가 성수기에 달랑 한 곳에서만 외롭게 둥지를 튼 작가주의 영화였다.

벌써 누군가 하품을 하는 소리가 들리는 것 같다. 예술영화 얘기는 재미없다는 불평을 내뱉으면서 말이다. 그런 걱정은 하지 않아도 된다. 맑은 눈빛을 가진 아이들이 주인공으로 나오는 영화다. 비록 가난한 아이들의 삶이 줄거리이고 너무나 슬프고 처연하기까지 한 현실을 그리고 있긴 하지만, 이 영화는 세상 그 어떤 보석보다도 아름답다. 그래서 이번 글에서는 영화 속 등장인물들이 보여주는 삶의 모습 속에서 바람직한 삶과 진정한 행복의 의미에 대해 생각하는 방식 대신, 그냥 영화 그 자체에 대해서만 이야기할까 한다.

＃2

영화에서 표현되는 '리얼리즘'은 그것의 사전적인 의미와는 좀 다르게 와 닿는다. 리얼리즘 영화에서 보여주는 것들이 막상 관객에게는 그다지 자연스러워 보이지 않는다. 오히려 보기에 영 거슬리기까지 하다. 사실을 있는 그대로 묘사했는데 왜 부담스럽고 불편한 걸까.

자주 접하는 상업영화 대부분이 '꿈'을 얘기하기 때문이다. 상업영화는 일상과 다른 상상의 세계에 빠져들게 한다. 피곤에 절어 만원버스에 시달리거나, 상사의 호통에 남몰래 울분을 삭이는 일 따윈 잊어도 좋다. 그 대신 영화에서는 바라만 봐도 멋진 왕자님과 우아한 궁전에서 진수성찬을 즐길 수 있다. 또 엄청난 힘을 가진 영웅이 되어서 세상을 구해낼 수도 있다.

실제론 이루지 못하는 그런 일들이 나와야 사람들은 비로소 만족한다. 그렇다. 영화에서는 그런 것들이 오히려 더 사실적으로 느껴진다. 대리만족의 달콤함. 그러나 꿈은 역시 꿈일 뿐이다. 아무리 멋진 꿈일지라도 깨고 나면 허무해지기 마련이다. 일시적인 쾌락의 한계다.

그렇다고 막상 영화가 실제 세상을 그대로 담아내면 불편해진다. 그러나 역설적이게도 리얼리즘 영화가 주는 덕목은 보기에 불편하다는 사실에 있다. 사실을 있는 그대로 받아들이게 되면서 지금의 현실을 좀 더 낫게 해보려는 의지가 불타오르게 한다. 단지 영화 속에서만 꿈꾸는 것이 아니라 그 꿈을 실현시키려는 욕망을 갖게 해준다.

＃3

영화 〈취한 말들을 위한 시간〉 역시 리얼리즘 부류에 속하는 영화다. 건조한 영상은 마치 다큐멘터리 영화 같기도 하다. 영화는 가난한 쿠르드 족 아이들의 고단한 삶을 담담히 그려낸다. 배우들도 실제 쿠르드 족 아이들이다. 그래서 영화는 오히려 눈물 한 방울도 흘릴 수 없게 만든다. 그들의 험난하고 고된 생활에서 느껴지는 삶의 처연함을 감히 내 카타르시스의 소도구로 삼을 수는 없는 노릇 아닌가.

차라리 완전한 허구라면 마음껏 울며 즐길(?) 수도 있을 텐테 말이다. "인생이란 놈은 나를 산과 계곡으로 떠돌게 하고 나이 들게 하면서 저승으로 이끄네." 아이들이 악을 쓰듯 차 속에서 부르는 노래 가사다. 이게 과연 아이들이 부를 노래 가사인가. 이런 노래가 나오는 영화를 보며 과연 눈물이 나올 수 있을까. 감히 누가 누구를 동정할 수 있단 말인가.

영화는 적어도 표면적으로는 정치성을 띠지 않는 것처럼 보인다. 말 그대로 아이들을 소재로 하고 있기 때문이다. 그래서 영화는 가난한 나라의 아동 노동 문제에 대한 진지한 고찰로 읽히기도 한다. 하지만 내 생각에 이 영화는 큰 정치적 주장을 담고 있다.

이란의 첫 번째 쿠르드 족 감독인 바흐만 고바디Bahman Ghobadi는 '쿠르드 족의 독립국가 건설'이라는 오랜 민족의 숙원을 에둘러 표현해

낸다. 쿠르드 족은 중동의 각 나라에 퍼져 살며 자신들의 독립된 국가를 가지지 못했다. 그 때문에 엄청난 박해를 당했다. 그들은 자치권을 획득하기 위해 피나는 노력을 기울여왔다. 감독은 영화에서 자신의 민족에 대한 드높은 자부심을 드러낸다. 지독한 가난에서도, 부모가 없는 고달픈 현실에서도, 아이들은 절대 희망을 잃지 않는다. 최선을 다해 삶의 실마리를 찾으려 한다. 그런 아이들의 모습이 바로 쿠르드 족의 면모라는 것을, 그래서 비록 가난하지만 (독립국가를 이룰 만한) 높은 정신세계를 가진 민족이라는 주장을 담아내고 있다.

♯4

얘기가 옆으로 많이 샜다. 이젠 영화 자체만 들여다보자. 바흐만 고바디 감독은 지금은 거장으로 칭송받는 압바스 키아로스타미Abbas Kiarostami에게서 영화를 배웠다. 그러나 스승의 스타일까지 오롯이 닮아가지는 않았다. 조훈현에게 배운 이창호가 전혀 다른 스타일의 바둑을 두는 것과 마찬가지다.

키아로스타미 감독은 이란의 가난한 일상에서 착한 서정성을 비단처럼 뽑아냈다. 친구의 노트를 돌려주기 위해 마을을 헤매는 착한 아이의 마음씨(〈내 친구의 집은 어디인가〉)나 대지진 이후 예전 영화에 출연했던 아이들을 걱정하며 찾아나서는 영화감독(〈그리고 삶은 계속된다〉), 지순한 젊은 남녀의 사랑 이야기(〈올리브 나무 사이로〉) 등에서 그는 가난한 현실 속의 아름다움을 사실적이고 담담하게 그려냈다.

반면 고바디 감독에게 현실이란 그저 현실일 뿐이다. 그가 보여주는

97

가난한 일상의 생생한 묘사는 그다지 아름다워 보이지 않는다. 하지만 그런 서러운 현실을 있는 그대로 보여주고, 힘든 일상을 있는 그대로 받아들이는 아이들의 모습은 신선한 감동을 불러일으킨다. 그는 아름다움을 영화 자체에 담아놓기보다는 우리들의 마음속에 던져놓았다.

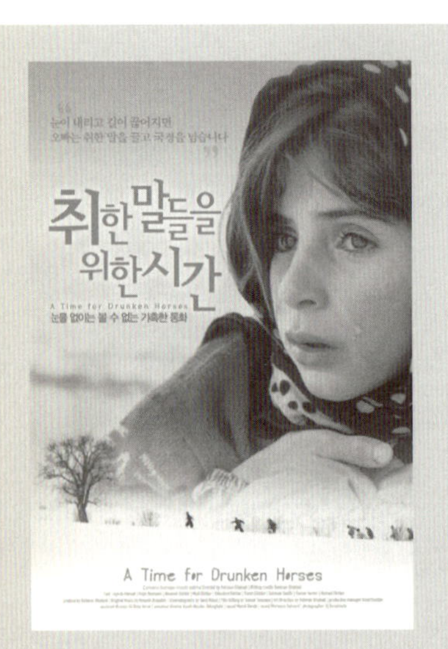

〈취한 말들을 위한 시간
A Time For Drunken Horses〉

감독 바흐만 고바디

주연 아윱 아마디, 로진 요우네시, 아마네 에크티아르-디니, 마디 에크티아르-디니

제작 연도 2000년

러닝 타임 80분

영화는 줄거리를 다 말해도 보는 데 전혀 지장이 없다. 어머니는 막내를 낳다 죽고 아버지는 사고로 죽은 후, 남겨진 5남매가 사는 이야기다. 힘든 속에서도 아이들은 늘 안아주고 서로서로 뽀뽀해준다. 큰누나는 불치병에 걸린 장애인 동생을 수술시키기 위해 팔려가다시피 시집을 간다. 큰형은 밀수 무역에 짐꾼 노릇을 하며 벌이에 여념이 없다. 어린 누이는 아버지 무덤에 장애인 오빠를 안고 가서 낫게 해달라고 기도한다.

아이들은 서로 사랑하고 각자의 입장에서 최선을 다했다. 건조한 일상에서도 아이들의 마음은 결코 메마르지 않았다. 자기를 희생하고, 작은 것이라도 나누며 서로를 아꼈다. 가족 간에 따뜻하고 포근한 마음이 넘쳐 흘렀다. 아이들의 일상은 힘들었지만 형제

영화, 나의 멘토가 되다

간의 사랑으로 충만한 아이들의 삶은 아름다웠다. 비록 가난하더라도 가족 간의 사랑으로 충만한 가정은 풍족해도 사랑이 없는 가정보다 행복하다. 이 아이들의 모습은 훨씬 풍족하지만 훨씬 더 건조한 삶을 살아가는 우리들에게 가족 간의 사랑이 주는 가치가 무엇인지 잘 알려준다.

제2부 | 세상에서 가장 소중한 가족

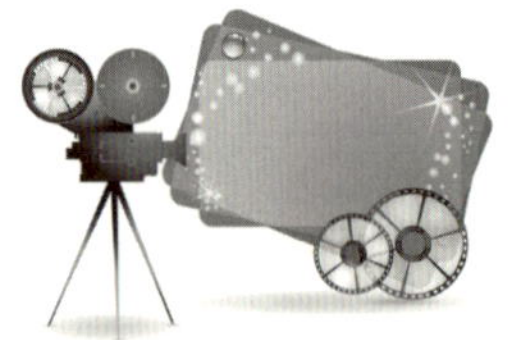

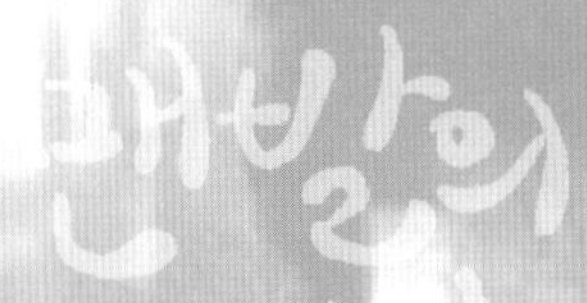

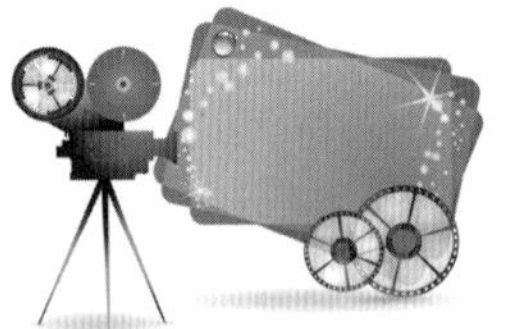

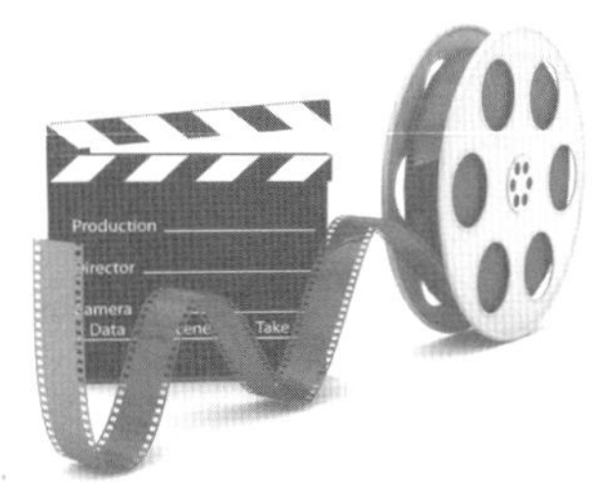

01

살려면 정면으로 부딪쳐라

〈행복을 찾아서〉

#1

그는 시골의 가난한 집안에서 태어났다. 먹고살기 위해 무작정 도시로 왔다. 우연히 일식집에 취직했다. 힘든 일과와 텃세 속에서도 열심히 기술을 배웠다. 요리사가 되었다. 열심히 해서 실력을 인정받았다. 호텔에서도 스카우트 제의가 올 정도였다.

그는 자신의 가게를 갖고 싶었다. 저축한 돈에다 빚을 얻어 드디어 사장이 되었다. 그러나 월급쟁이 생활과 사업이라는 현실은 엄연히 달랐다. 개업하고도 몇 달이나 파리를 날렸다.

장사가 안되면 생계는 물론이려니와 많은 빚을 갚을 수도 없는 노릇이었다. 그는 속이 탔다. 치열했던 지난 인생을 모두 걸었을 뿐 아니라 빚까지 얻어서 낸 가게였기 때문이다. 그는 어쩌다 오는 손님이 그저 손님으로만 보이지 않았다.

손님이 많이 와야 빚을 갚을 수 있으니 손님은 그의 목숨과도 같았다. 그는 출근하기 위해 집을 나서는 순간, 간과 쓸개는 집에 두고 나왔다. 목숨이 걸린 일에 소홀할 수 없었다. 몇 년 후, 그는 명사들이 드나드는 큰 일식집을 운영하게 되었다.

예전에 만났던 부자 P씨의 이야기다. 그의 지난 인생을 듣고 속으로 부끄러웠다. 난 그의 인생만큼 치열하게 살지 못했으니. 사실 삶은 단순히 무엇을 하며 살아왔느냐의 합계가 아니다. 무엇을 얼마나 절실하게 했느냐의 합계다

＃2

퀴즈다. 이것은 무엇일까. 아리스토텔레스Aristoteles는 이것을 '눈 뜨고 꾸는 꿈'이라고 했다. 탈레스Thales는 이것을 '가난한 자들의 빵'이라고 했다. 괴테는 또 이것을 '행복의 싹'이라고 표현했다. 답은 '희망'이다. 희망은 긍정적인 사고에서 나온다. 영화 〈행복을 찾아서〉는 이 '긍정적인 사고의 힘이 무엇인가'를 보여주는 영화다. 노숙자로까지 전락했던 세일즈맨이 증권 중개인으로 성공하기까지의 고생담과 노력을 담고 있다. 게다가 실화다.

일부 비평가들은 이 영화를 '뻔한 영웅담'이라고 비아냥거렸다. '신자유주의에 대한 예찬', 혹은 '사회구조에 대한 문제의식이 없다', '아메리칸드림의 허상'이라는 등의 비판도 있다. 뭐, 다 맞는 말이긴 하다.

하지만 이런 지식인들의 말은 많은 경우 '강 건너 불구경'이거나 훈

수에 그치는 경우가 많다. 불합리한 사회구조를 보잘것없는 개인이 어쩌란 말인가? 세일즈가 안되고, 그래서 벌금을 내지 못해 자동차가 몰수되고, 살기 힘들어 아내가 도망가고, 노숙자 숙소를 전전하는 등 주인공이 겪는 일들도 바라보는 제3자에게는 사회의 한 단면일 뿐이다. 그러나 정작 당사자에게는 하늘이 무너지는 것 같은 시련이다. 혹여 이 시련에 대해 개인적이거나 사회적인 도움이 있다면 그건 그저 덤이다. 주어지는 시련에 어떻게 대처하느냐는 대부분 그것을 겪는 개인의 몫이다.

어떤 이는 힘든 현실이 닥치면 도망치려 한다. 다른 이는 시련으로 인해 철저히 망가지기도 한다. 또 다른 이는 정면으로 부딪쳐 어떻게든 살길을 찾는다. 〈행복을 찾아서〉의 주인공은 바로 마지막 경우의 인물이다.

그는 결코 희망을 버리지 않았다. 실망보다는 희망을 친구로 삼았다. 그러기에 희망은 성공이라는 친구를 데려다 주었다. 너무 뻔한 이야기 아니냐고? 뻔한 이야기 맞다. 영화가 뻔한 이야기다 보니, 그 영화를 소재로 쓰는 글도 뻔하다.

아니, 인생 자체가 뻔한 것이다. 하지만 대부분의 사람들은 그 뻔한 인생을 제대로 알지 못한다. 안다 해도 아는 것을 제대로 실천하지 못한다. 나를 포함해 사람들 대부분은 그렇게 산다.

그러니 뻔한 이야기라도 자꾸 새기며 살아갈 밖에. 그러다 보면 조금은 인생이 나아지지 않겠나. "낙천주의자는 꿈의 현실화를 믿고, 비관주의자는 악몽의 현실화를 믿는다." 심리학자 로렌스 피터Laurence J.

Peter의 말이다.

#3

절실하게 원했고, 그래서 치열하게 쟁취했던 주인공 가드너. 하지만 영화처럼 아무리 긍정적이고 바람직한 내용이라도 '그는 했는데, 너는 왜 못하냐' 식의 이야기가 계속되면 이 글을 읽는 분들이 조금은 불편한 기분이 들 것도 같다. 사실 평범한 사람들이 있기에 피 말리는 노력을 한 가드너 같은 사람의 실화가 감동을 주는 것 아니겠나. 대신 이제부터는 구체적으로 영화 속의 가드너가 실천했던 성공법칙들에 대해 살펴보자.

우선 가드너는 항상 외모를 단정하게 하고 다녔다. 셔츠를 다려 타이를 말끔하게 매고 양복을 입었다. 일단 외모로만 보면 그가 자동차를 압류당했는지, 집세가 밀리고 있는지, 아내가 도망갔는지 전혀 알 수 없다. 멀쩡하고 자신감에 가득 찬 세일즈맨일 뿐이다.

그는 또 노숙을 하는 극한 상황에서도 주위 사람들에게 앓는 소리를 하지 않았다. '동가식서가숙東家食西家宿'하며 주렁주렁 짐을 끌고 다녀도 회사 동료들에게는 출장을 가야 해서 그렇다고 둘러댔다.

눈치 빠른 사람들이 설혹 알아챘을지 몰라도 그는 끝까지 자존심을 지켰다. 업무로 바쁜 척했고, 사람들에게 많은 관심을 받고 있는 것처럼 보이도록 행동했다. 월가의 쟁쟁한 금융인들에게도 자신이 소속한 회사의 장점을 당당하게 설명했다.

가드너는 아무리 힘든 상황에서도 자기 연민이나 자기 비하는 결코 하지 않았다. 그런 당당한 자신감은 주위 사람들로 하여금 그가 매력적으로 보이도록 했다. 사실 주위를 둘러보면 자기 비하를 반복하는 사람들이 많다. 물론 처음에는 안된 마음에 그런 이들에게 격려도 하고 따뜻한 관심도 보인다.

그러나 인간은 기본적으로 이기적인 존재다. 자기 비하에 빠진 사람에게는 별로 얻을 것이 없다고 생각하게 마련이다. 또 신경을 써줘야 하므로 피곤하고 자기까지 괜히 우울해진다. 그러니 살다 힘들어져서 하는 푸념은 어쩌다 한 번 하고 말아야 한다. 그것도 정말 친한 사람들에 한해서 말이다. 허브 코언Herb Cohen은 저서 『협상의 법칙』에서 사람들은 미처 협상을 시작해보기도 전에 지레 포기하는 경우가 많다고 지적한 바 있다. 가드너가 '내 학벌로 무슨 증권회사냐'고 지레 포기했다면 그는 아예 성공의 계단을 밟아보지도 못했을 것이다.

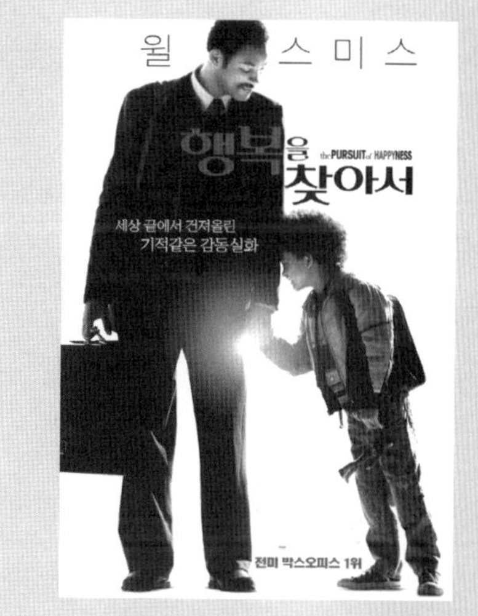

〈행복을 찾아서
The Pursuit Of Happyness〉
감독 가브리엘레 무치노
주연 윌 스미스, 제이든 스미스, 제임스 캐런
제작 연도 2006년
러닝 타임 117분

사실 가드너는 고등학교 졸업이 학력의 전부였다. 그런데도 월가의 증권맨을 지망했고, 어려운 여건과 경쟁을 뚫고 성공을 이뤄냈다. 보통 사람이라면 지레 포기했을지 모른다. 그러나 그는 숫자에 대한 자신감만으로 일단 도전했고, 결국에는 해냈

제3부 | 사회생활, 나 하기 나름이다

다. 살려면 일단 부딪쳐야 한다.

　마지막으로 가장 중요한 점은, 가드너는 아무리 힘든 순간에도 결코 아들의 손을 놓지 않았다는 것이다. 불행하게 자란 자신의 어린 시절이 자신의 아들에게 반복되도록 하지는 않겠다는 결심 때문이다. 사람은 누구에게 필요한 존재가 될 때 굳센 의지와 힘을 얻는다. 가족은 그 자체로만 보면 큰 책임이 따르는 부담스러운 존재다. 하지만 책임져야 할 존재가 나를 믿어줄 때 그 믿음의 에너지는 대단하다. 가드너가 치열한 삶을 살 수 있었던 것도 자신을 믿어주는 아들의 해맑은 눈빛 때문은 아니었을까.

영화, 나의 멘토가 되다

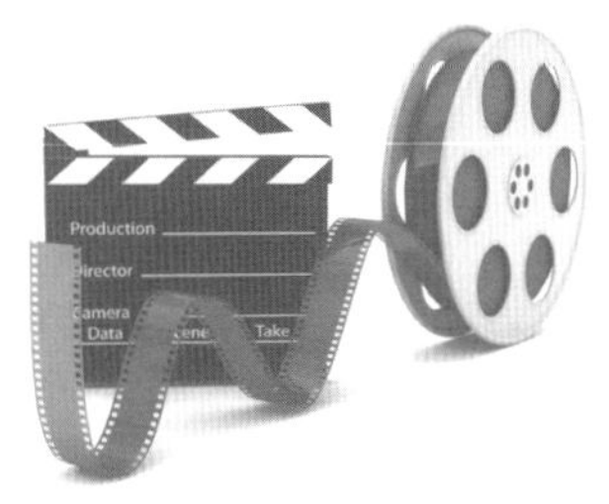

02

예쁘면 모든 게 용서된다(?)

〈미녀는 괴로워〉

#1

백범 김구 선생은 『백범 일지』에서 논어의 구절을 인용하며 "얼굴 좋은 사람보다는 마음 좋은 사람이 되어야겠다"고 다짐하고 있다. 외양보다는 내적 수양을 통해 조국 독립에 기여하겠다는 결심이다. 그러나 이같이 훌륭한 마음자세도 요즘 세상과는 잘 맞지 않는 것 같다. 이미지 중심인 현대 자본주의 사회에서는 내면만큼이나 외모 가꾸기에도 신경을 써야 한다. 아니 외모에 훨씬 더 신경을 써야 한다.

코미디언 고故 이주일이나 옥동자는 몇 안 되는 예외일 뿐이다. 요즘 세상에서 '못생겨서 덕 보는' 경우는 일부 개그맨을 제외하곤 거의 없다. 일단 잘생기고 봐야 되는 세상이다. 타고난 것이 안 되면 의학의 힘이라도 빌려야 하는 게 현실이다.

109

꼭 여자들만 그런 것도 아니다. 이원복 교수의『현대문명진단』시리즈에는 미국의 매력 연구가인 로버트 퀸Robert Quinn의 조사결과가 소개되어 있다. 조사에 따르면 잘생기고 스타일 좋은 남성들은 같은 나이대의 못생긴 남성들보다 평균 25%나 많은 급여를 받고 있다고 한다. 쩝…….

이렇듯 외모를 중요한 가치로 여기는 것을 '루키즘lookism'이라고 한다. 루키즘은 일종의 인종차별이기도 하다. 그러나 지금 시대는 도덕적인 기준과는 별개로 '아름다움은 선이요, 추함은 악'인 그런 세상인 듯하다.

#2

영화 〈미녀는 괴로워〉는 '700만 관객 동원'이라는 흥행성적에서 보듯 외모 중심인 요즘의 세태를 잘 반영하고 있다. 일본 원작 만화의 묘미를 영화의 방식으로 잘 버무려낸 이 작품은, 남성 중심적 사고와 외모지상주의가 녹아 있는 자본주의의 구조를 풍자한다는 평가를 받았다.

한편에서는 성형수술을 미화한다는 다소 1차원적인(?) 비아냥도 있었다. 그러나 이 영화에는 사람들이 간과하기 쉬운 중요한 시사점 한 가지가 더 숨어 있다. 참, 이 영화에 관해 이야기하기 전에 이 영화와 관련이 있는 책 한 권을 먼저 소개한다.

책 제목은『위대한 기업, 로마에서 배운다』이다. 유명한 컨설팅 회사의 임원(김경준)이 쓴 책이다. 개인적으로 역사를 좋아해 아주 재미

있게 읽었다. 책은 로마제국이 당시 세계를 제패하게 된 구조를 분석해 현대의 조직들이 배워야 할 점을 적고 있다.

책에 따르면 로마는 합리적 분업구조를 만들어 핵심적인 기능도 아웃소싱했다. 학문에서 기술이나 교육제도에 이르기까지 로마에 도움이 되는 것은 모두 받아들였다. 로마가 정복한 그리스의 예술·철학·수학 등이 모두 로마에 들어오자 로마의 정치가 카토Marcus Porcius Cato 는 "정복된 그리스가 로마를 정복했다"고 한탄할 정도였다. 하지만 이같이 통 큰 개방성으로 비非로마인이 로마에 들어오면 더 로마인답게 변했다고 한다.

그러나 로마는 단 한 가지만큼은 결코 남의 손을 빌리지 않고 직접 해결했다. 다름 아닌 군사력이었다. 로마는 제국으로 발전하는 과정에서 용병을 쓰지 않고 시민군 체제로 군사력을 확보했다.

돈 받고 싸워주는 용병과 달리, 시민군은 자신의 사회와 가족을 지키기 위해 용감하게 싸웠다. 정복하지 않으면 정복당하는 고대 사회에서 생존을 좌우하는 핵심 경쟁력인 군사력만큼은 누구에게도 의지하지 않고 직접 해결했던 것이다. 반대로 제국 후기에는 용병을 쓰면서 결국 멸망의 길을 걸었다. 영화 〈미녀는 괴로워〉에는 바로 이 책이 제시하는 것과 비슷한 시사점이 숨겨져 있다.

＃3

영화의 주인공 강한나는 외모 때문에 무대에 나서지 못하고 섹시한 립싱크 가수 '아미'의 노래를 대신 불러야 한다. 그는 외모로 인해 받는

111

여러 가지 충격 때문에 전신 수술을 받기 위해 자취를 감춘다. 아미는 립싱크 가수인 강한나가 사라지자 새로운 음반을 내지 못하고 연기자로만 활동해야 하는 처지가 된다. 하지만 재능 없이 섹시한 외모만을 내세우는 그녀가 연기라고 제대로 해낼 리가 없다. 이런저런 악평에 시달릴 뿐이다.

아미의 섹시한 외모는 강한나의 멋진 목소리를 빌릴 수 있을 때에만 그 스타성을 발휘했던 것이다. 가수로서의 핵심 역량은 남에게 빌리면서, 허상인 이미지로만 승부한 탓이다.

이미지는 가상의 현실virtual reality일 뿐이다. 실재하지 않는 허상은 결코 오래갈 수 없다. 링컨Abraham Lincoln의 말처럼, 세상의 전부를 잠깐 속일 순 있지만 세상을 영원히 속일 수는 없는 노릇이다.

반면, 한나는 전신 성형 끝에 미녀 가수 '제니'로 다시 태어난다. 가수로서 핵심 역량인 음악성이 있기에 의학의 힘을 빌려 그 역량을 빛내줄 미모까지 갖추자 세상의 인정을 받게 된다(물론 이는 의학적으로 가능한 일도 아니고, 성형에 대한 사회적 이중 잣대라는 논란도 있을 수 있다. 그러나 많은

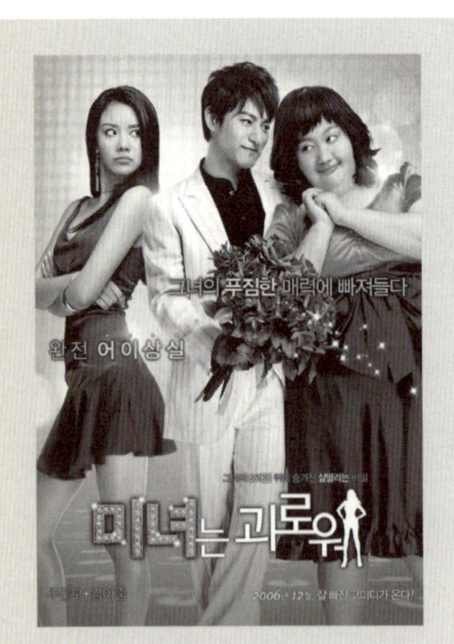

〈미녀는 괴로워〉

감독 김용화

주연 주진모, 김아중

제작 연도 2006년

러닝 타임 120분

평론가들이 이미 논의했던 것이므로 이 글에서는 일단 넘어가기로 하자).

무슨 일을 하든, 그 일을 잘하기 위한 핵심 역량은 확실히 갖춰야 한다. 어느 전직 대통령은 "머리는 빌릴 수 있지만 건강은 빌릴 수 없다"고 했다. 물론 건강의 중요성을 강조한 것이겠지만 리더로서 제대로 된 비전과 철학 없이 국가를 운영하다 모두가 알다시피 결국 '국가 부도'라는 초유의 사태를 맞게 되었다.

사회생활을 하면서 우리를 좌절하게 하는 것은 사실 외모뿐만이 아니다. 학벌이나 연고, 부패 등에 따른 이런저런 부조리에 맞닥뜨리게 된다. 이 모두는 분명 무시할 수 없는 장벽이다. 그러나 자신의 분야에 필요한 핵심 역량만 확실히 갖추고 있다면 모두 극복할 수 있는 것들이기도 하다. 세상을 살아가는 데 가장 중요한 것은 바로 자신의 굳건한 실력이다.

"언제나 자기 자리에서 최선을 다하십시오. 일이 맡겨지면 즐겁게 하세요. 그런 모습을 세상의 누군가는 지켜보고 있습니다. 그렇게 두 번 세 번 자꾸 해내다보면 결국 세상의 인정을 받을 수 있습니다." 강석진 전 GE 코리아 회장의 말이다.

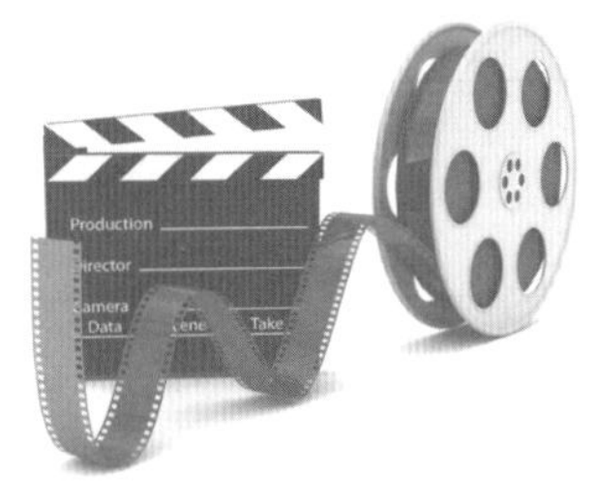

03

혼자 빛나는 별은 없다

〈라디오 스타〉

#1

국악인 김영동의 「산행」이라는 곡이 있다. 그는 이 곡의 악상을 법정 스님과의 만남에서 떠올렸다고 한다. 김영동이 송광사로 찾아가 법정 스님을 만나고 돌아가는데 스님이 산길을 따라 배웅을 나왔다.

그는 이별이 아쉬워 스님이 되돌아가는 산길을 한참이나 쳐다보았다. 그런데 스님은 한 번도 뒤를 돌아보지 않고 열심히 왔던 길을 올라갔단다. 닿은 인연에 최선을 다하면서도 그 인연이 만든 추억에 연연하지 않는 스님의 모습과 산길의 고즈넉함이 어우러져 멋진 음악이 탄생했던 것.

아함경阿含經에는 이런 가르침이 있다. "과거는 이미 흘러가 버린 것, 미래는 아직 오지 않은 것, 그러므로 오늘 일을 흔들리지 말고 있는 그대로 보아야 한다." 법정 스님은 이 가르침이 몸에 밴 분인 듯하다.

사실 많은 사람들이 과거에 집착한다. 특히 현실이 비참하면 할수록 과거를 그리워하며 과거에서 머무는 경우가 많다. 하지만 추억은 되돌릴 수 없기에 아름답다고 생각하는 것뿐이다. "오늘의 슬픔 가운데 가장 비참한 것은 어제의 기쁨에 관한 추억이다." 작가 칼릴 지브란^{Kahlil Gibran}의 말이다.

#2

영화 〈라디오 스타〉의 주인공 최곤(박중훈)은 과거를 먹고 사는 인물이다. 그의 인생을 지배하는 단어는 '88년도 가수왕'뿐이다.

하지만 그놈의 인기란 게 참으로 부질없기 짝이 없다. 어디 인기뿐이겠는가. 사는 게 다 그렇지. 미사리에서 애인을 위해 노래를 불러달라며 단돈 몇 만 원으로 앙코르를 요구하는 사내와 주먹다짐을 벌이는 게 지금 최곤의 현실이다. 한심하기 그지없다.

과거의 영광에서 헤어 나오지 못하는 이 철없는 최곤을 변함없이 지켜주는 것은 20년 지기이자 매니저인 박민수뿐이다. 박민수는 최곤과는 정반대다. 항상 현실에 충실하게 임한다. 최곤이 저지른 폭행사건의 합의금을 물어주기 위해 영월 방송국의 DJ를 맡아야 한다는 조건까지도 수락한다. 이에 최곤의 입은 댓 발이나 튀어나온다.

박민수는 영월에 내려와서도 최선을 다한다. 최곤의 라디오 방송을 홍보하기 위해 전단지를 붙이고 현수막을 내거는 등 마케팅에 열심이다. 이런 박민수의 열정은 아웅다웅 다투는 방송국 관계자들과 최곤을 점차 움직이고, 덕분에 최곤의 인기는 영월 지역을 넘어 전국적으로 퍼져 나가게 된다.

명상가 오쇼 라즈니시Rajneesh Chandra Mohan Jain는 이렇게 말했다. "과거에 대해 생각하지 마라. 미래에 대해서도 생각하지 마라. 단지 현재에 살라. 그러면 모든 과거도 모든 미래도 그대의 것이 될 것이다." 지금 당신은 과연 어디에 살고 있는가. "왕년에는 나도 말이지……"라는 말을 달고 있는가. 아니면 "나도 언젠가는 어쩌고저쩌고……"라며 주위에 허풍을 치고 있나. 가장 아껴야 할 시간은 영원히 정지한 과거도, 다가오길 주저하는 미래도 아니다. 화살처럼 날아가는 바로 지금 이 시간이다.

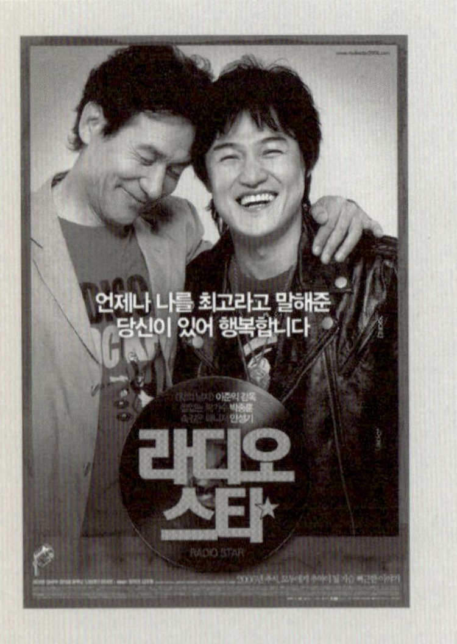

〈라디오 스타〉

감독 이준익

주연 박중훈, 안성기

제작 연도 2006년

러닝 타임 115분

#3

"자기 혼자 빛나는 별은 없어. 별은 다 빛을 받아서 반사하는 거야." 이 영화 최고의 명대사로 박민수가 최곤에게 천문대에서 함께 별을 바라보며 하는 말이다. 최곤은 또 자신의 앞길을 열어주기 위해 홀연히 떠난 박민수에게 라디오를 통해 애타게 외친다. "형이 그랬지, 저 혼자 빛나는 별은 없다며. 와서 좀 비춰주라."

부모들은 자식들이 건방지게 굴면 "지들이 혼자서 이만큼 큰 줄 알지"라며 속상해한다. 맞다. 저 혼자 알아서 크는 사람은 세상에 없다. 부모의 물심양면에 걸친 헌신이 없다면 온전한 성인으로 자라지 못한다. 하지만 많은 사람들이 혼자 잘나서 큰 줄 안다. 솔직히 고백하자면 나 역시 머리 굵어지고 한참 지나서까지도 그랬던 것 같다.

부모뿐 아니다. 우리는 늘 누군가에게 은혜를 입으며 살고 있다. "받은 상처는 모래에다 쓰고, 받은 은혜는 대리석에 새겨라." 벤저민 프랭클린Benjamin Franklin의 말이다. 이 가르침처럼 항상 감사할 줄 알아야 한다. 행복도 사랑도 모두 감사하는 마음에서 비롯된다. 그런데도 우린 감사의 말을 하는 데는 인색하다. 지금이라도 당장 자신을 비춰주는 주위 사람들에게 '고맙다'고 말해보자. 진심을 가득 담아서.

제3부 | 사회생활, 나 하기 나름이다

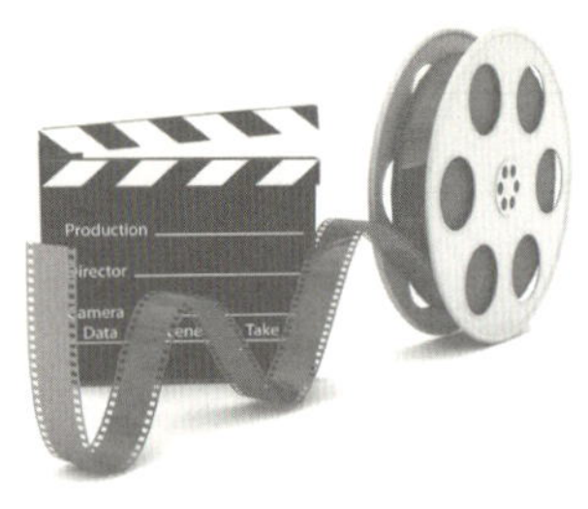

04

회사 생활을 잘하기 위한 비결

〈묵공〉

#1

어느 악마가 사막을 지나고 있었다. 마침 한 떼의 악마들이 거룩한 수도자 한 사람을 시험하고 있는 것을 보았다. 그들은 예쁜 여자로 변해 육체적인 유혹을 하기도 하고 겁을 줘 공포심을 일으키기도 했다. 그러나 모든 방법은 헛수고였다. 수도자는 조금도 동요하지 않았다.

지나가던 동료 악마가 악마 무리에게 말했다. "너희들의 방법은 유치하다. 내게도 기회를 다오." 그리고 악마는 수도자에게 다가가서 귓속에다 한마디를 던졌다.

"당신은 당신 동생이 주교가 되었다는 사실을 들었소?" 순간 평온하던 수도자의 얼굴에 질투심이 스쳤다.

이 이야기는 시기심이 얼마나 대단한 것인가를 보여주는 우화다. 질투는 어떤 증오심보다도 견고한 법이다. 인간은 선한 존재이면서도 한편으로는 폭력성과 잔인함, 그리고 시기심을 함께 가졌다.

"인간은 태어나면서부터 허영심이 강하고, 타인의 성공을 질투하기 쉬우며, 자신의 이익 추구에 대해서는 무한정한 탐욕을 지닌 존재다." 마키아벨리Niccolo Machiavelli의 말이다. 너무하다고? 여기서는 인간이 가진 선한 면은 일단 논외로 하자. 착한 마음이 일으키는 문제는 별로 없으니까.

대신 인간의 나쁜 측면, 특히 질투심에 대해 생각해보자. 인간사회에서 질투와 시기는 대부분 불화의 원인이 된다. 사람은 다양한 인간관계라는 벗어날 수 없는 거미줄로 얽혀 있는데, 많은 사람들은 나의 실망보다는 남의 희망으로 더 괴로워한다.

＃2

대기업에서 오랫동안 경영자로 지낸 한 선배님에게 들은 이야기다. "자넨 회사에서 일만 열심히 잘하면 된다고 생각하지? 사실 그건 반은 맞고 반은 틀린 이야기라네. 회사 생활에서는 업무가 3할이고, 정치가 7할이네. 인간관계를 치열하게 잘 관리해야 한다는 이야기라네."

조금 자세한 설명이 이어졌다. "지금이야 기업이 매우 투명해졌지만 80년대만 해도 해도 지금보다 훨씬 부패했었지. 당시에는 여러 가지 방법으로 개인 주머니를 채우는 임원들도 제법 있었어. 내가 어느 회사에 새로 스카우트되어 갔을 때 동료 임원의 견제를 벗어나는 데 1년 이상 걸렸지."

그 선배의 이야기가 흥미로워지기 시작했다. "처음에는 그들이 해먹던 것을 내가 뺏어 가지 않을까 경계하더군. 나중에 내가 부패하지 않은 걸 알고 나서는 자기들을 고발하지 않을까 의심했어. 결국 그러지 않을 것임을 확신하고서야 비로소 마음을 열고 동료로 받아들이더라고. 나는 부패를 척결할 수 있도록 모든 업무를 완전히 장악하기 전까지는 철저히 나를 숨겼지."

부정적이고 다소 우울한 이야기지만 이 선배의 말에는 무시 못 할 현실적 지혜가 담겨 있다. 많은 사람들이 직장 생활에서 맡겨진 일만 잘하면 된다고 생각한다. 하지만 우리가 받는 월급에는 다양한 인간 군상에 대한 스트레스를 견디고 이에 대응하는 마음고생에 대한 대가도 엄연히 포함되어 있다.

실력만으로 일이 잘 되는 것은 아니다. 작게는 팀 동료들부터 넓게는 다양한 업무협력 관계자들이나 이런저런 이해관계자들의 마음까지 아우를 수 있어야 한다. 특히 무한경쟁에서 이기려면 시기와 질투를 비껴 나가는 능력은 필수다.

#3

영화 〈묵공〉의 배경은 중국의 전국시대다. 조나라 10만 대군과 명장 항엄중(안성기)의 침략 아래 놓인 양성을 돕기 위해 묵가의 일원인 혁리가 혈혈단신으로 찾아온다. 묵가는 평화를 지키기 위해 약소국을 돕는 사상가 집단이다.

처음 양성 사람들의 비웃음을 사던 혁리는 뛰어난 지략으로 강력한

영화, 나의 멘토가 되다

조나라 군대의 공격을 기적처럼 막아낸다. 혁리는 신분보다는 능력 위주로 인재를 발탁하고, 전투에서는 누구보다 용감하게 앞장서며, 검소한 생활 속에서 사람들을 따뜻하게 격려한다. 누가 봐도 이상적인 리더의 모습이다.

그러나 비극은 여기서 발생한다. 소학에 이르길, "사람들은 나보다 나은 사람을 싫어하고, 나에게 아첨하는 자를 좋아한다"고 했다. 권력 있는 자일수록 그런 성향이 더 강하다. 성 사람의 신망을 한 몸에 받는 혁리를 양성의 왕이 좋아할 리 없다.

혁리가 성 사람들의 신망을 얻을수록 왕의 혁리에 대한 의심은 커져 갔다. 마침 조나라 장군이 계책으로 군대를 물리는 척하자 침략의 위협에서 벗어났다고 안심한 왕은 역모의 혐의를 씌워 혁리를 죽이려 한다. '토사구팽兎死狗烹'인 셈이다. 그 뿐만 아니라 혁리를 따르던 사람들까지 모두 죽인다.

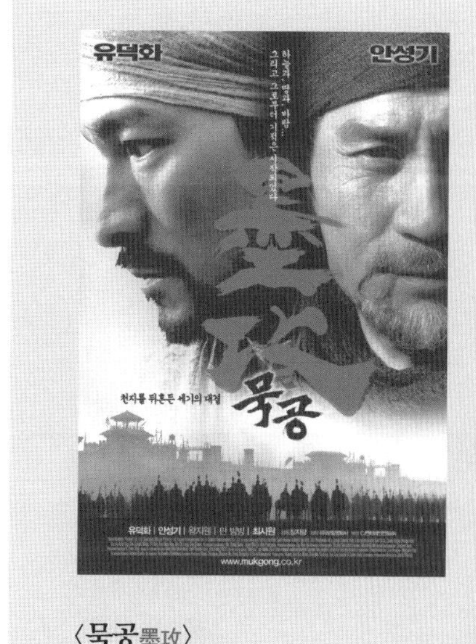

〈묵공墨攻〉

감독 장지량

주연 류더화, 안성기

제작 연도 2006년

러닝 타임 132분

혁리는 공성에 맞서 수성하는 실력은 뛰어났으나 정치에서는 초보였다. 아니 사람들을 구하는 데만 관심이 있었을 뿐 정치에는 아예 관심조차 없었다. 그러나 수성을 위한 군사전략만으로는 성안 백성을 온

제3부 | 사회생활, 나 하기 나름이다

전히 구해내지 못했다. 높은 이상이나 자신을 엄격히 다스리는 절제만으로는 부족했다.

혈혈단신인 그에게는 어차피 권력자의 조력이 필요했다. 그는 사람들로부터 칭찬을 받을수록 자신을 더 낮추고, 왕에게 공이 돌아가도록 신경을 써야 했다. 성이 불타지 않도록 거센 공격을 막는 준비만큼이나 권력자들을 달래고 내부 분열을 단속하는 데 힘을 쏟았어야 했다.

그래서 리더는 철학과 이상이 있어야 하나 성인군자여서는 안 된다. 그 높은 뜻을 펼치기 위해서는 여우 같은 현실론자가 되어야 한다. 고매한 공자이기보다는 현실적인 마키아벨리가 되어야 한다. 정말 세상은 만만한 곳이 아니다.

"윗사람보다 더 인정받으려 해서는 안 된다. 더 인정받는 것은 겉으로는 승리인 것처럼 보이나 결국 파멸의 끝을 보게 된다. 태양의 빛을 능가하지 않으면서도 늘 빛나는 밤하늘의 별과 같은 지혜를 배워라." 작가 그라시안이모랄레스Baltasar Gracián y Morales이 남긴 교훈이다. 정말 현실적인 지혜가 아닐 수 없다.

영화, 나의 멘토가 되다

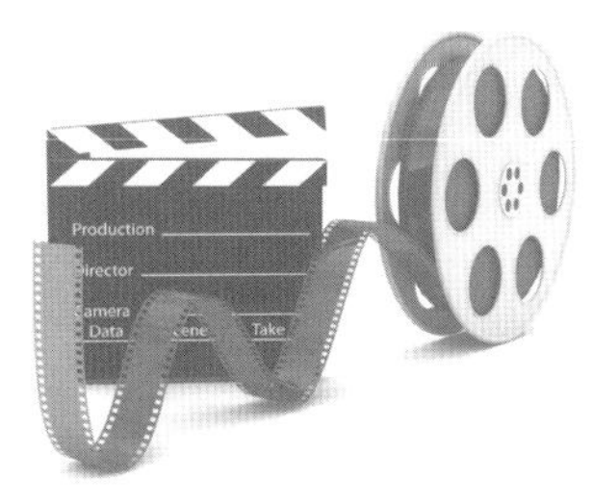

05

끌리는 사람이 되려면……

〈캐리비안의 해적: 블랙 펄의 저주〉

#1

다음은 조카딸이 돌이 갓 지났을 무렵 동생 부부 내외가 했던 대화 내용이다.

"애가 쌍꺼풀이 없어서 어떡해?"(제수씨)

"수술 시키면 되지, 뭐가 걱정이야."(동생)

"아직은 잘 모르겠는데 턱도 당신처럼 오각형이면 어떡하지?"(제수씨)

"요새 의술 좋아, 염려하지 마."(동생)

이 대화만으로는 필자의 동생을 '되게 이상하게 생겼나'라고 생각할 지도 모르겠다. 모 대기업의 부장인 동생은 제법 잘생긴 축에 속한다. 다만 마른 얼굴에 턱이 뾰족해 얼굴형이 오각형처럼 보인다. 제수씨도 미인이다. 쌍꺼풀만 없을 뿐이다.

물론 조카도 예쁘다. 내 조카라서가 아니라 객관적인 입장에서 봐도 그렇다. 다만 아빠와 엄마의 콤플렉스 한 가지씩을 물려받았다. 동생 내외의 대화에서도 알 수 있듯 요즘은 물려받은 얼굴조차도 마음에 들도록 고칠 수 있다.

사실 요즘 성형수술이 판을 치는 것은 '예쁘고 잘생기면 살기 편한 세상'이라는 인식이 퍼져 있기 때문이다. 아름다움이 사회적 힘으로 작용하는 '루키즘'이 만연한 이 세상에서 성형수술은 당연한 '자기 계발'의 하나로 여겨진다.

♯2

그렇지만 미남 미녀라고 해서 모두가 세상을 편하게 잘 살 수 있는 것은 분명 아니다. 외모에 더해 진정한 자기만의 매력이 있어야 한다. 사실 외모는 매력의 부분 집합일 뿐이다. 예쁘고 잘생긴 것으로 '무조건 용서되는 것은' 아주 잠깐 동안뿐이다. 따뜻한 품성과 인간미, 지성 등은 필수다. 여기에 더해 매력을 높일 수 있는 다양한 요소가 필요하다.

영화 〈캐리비안의 해적〉 시리즈에 나오는 주인공 잭 스패로 선장은 누가 봐도 매력이 있다. 잭 스패로에 대해 '역사상 가장 매력 있는 해적'이라는 모 평론가의 영화평까지 나올 정도였다. 이 말은 관객으로서 바라보는 배우 조니 뎁과 그가 연기한 영화 속 캐릭터를 모두 의미한다. 잭 스패로 선장은 영화 속 여러 등장인물에게도 인기가 있다.

다른 두 주인공인 윌 터너(올랜도 블룸)와 엘리자베스 스완(키이라 나

영화, 나의 멘토가 되다

이틀리)뿐 아니라 그의 선원들, 그리고 그가 들르는 항구의 아가씨 등 다양한 사람들이 잭을 좋아한다는 것을 영화 속에서 느낄 수 있다. 영국군과 제독만 빼고 모두가 좋아하는 잭 스패로 선장. 그가 가진 매력의 비결에 대해 한번 살펴보기로 하자.

(여기서 잠깐. 앞으로 펼칠 이야기는 이민규의 『끌리는 사람은 1%가 다르다』에서 짚어낸 포인트를 중심으로 전개한다. 그리고 에피소드가 재미난 영화인지라 잭이 보여주는 구체적인 영화 이야기 묘사는 생략하고, 잭 스패로 선장의 특징에 대해서만 설명한다. 아무 생각하기 싫고 심심한 휴일에 DVD를 빌려서 한번 보시라. 시간 죽이기에는 더없이 좋은 영화다. 아, 필자는 해당 영화사와는 아무런 상관이 없으니 오해는 마시라.)

＃3

사람들은 옷차림만으로 다른 사람을 대하는 태도를 결정하는 경우가 많다. 이는 호텔이나 관공서 같은 곳에 가보면 문 앞에서부터 바로 느낄 수 있다. 존경받던 어느 학자의 이야기다.

어느 호텔에서 학자들의 행사가 열렸다. 초청받은 것을 깜빡했던 그분은 연구를 하다가 입고 있던 실험복 차림으로 호텔로 달려갔다. 그런데 호텔 종업원은 그분의 복장만으로 신분을 판단, 안내도 하지 않고 서빙도 하지 않았다. 화가 난 그가 다시 양복으로 갈아입고 참석했더니 아주 정중한 서비스를 받았다고 한다.

소설 『어린 왕자』에 나오는 이야기도 있다. 터키의 한 천문학자가 어린 왕자가 살던 소행성 B612호를 발견했다. 국제천문학회에 나가 이

제3부 | 사회생활, 나 하기 나름이다

사실을 발표했으나 당시 그가 입은 옷 때문에 아무도 그의 말을 믿지 않았다. 나중에 이 천문학자가 매우 멋있는 옷을 입고 국제천문학회에서 다시 그 발견을 증명하자, 이번에는 모두 그의 말을 믿었다.

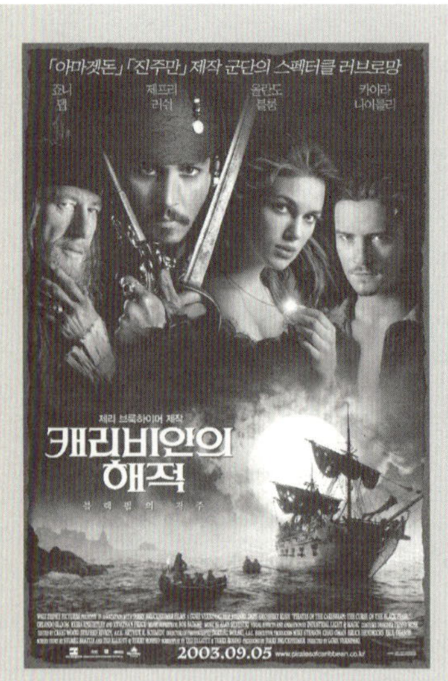

〈캐리비안의 해적: 블랙 펄의 저주
Pirates Of The Caribbean: The Curse
Of The Black Pearl〉

감독 고어 버빈스키

주연 조니 뎁, 제프리 러시

제작 연도 2003년

러닝 타임 143분

당연한 말이지만 사람은 신이 아니다. 사람은 다른 사람의 인품이나 실력, 마음씨 등에 대해 겉으로만 봐서는 알 수 없다. 그래서 상황에 적합한 옷차림에 신경을 써야 한다. '겉모습은 중요하지 않다'는 말은 분명 옳은 말이다. 그러나 실제 사회생활에서라면 사정은 달라진다. 겉모습과 차림은 아주 중요하다.

잭 스패로 선장을 보자. 그는 꽤 폼을 잡고 다니며 특히 영화 속에서 내내 선장 모자에 아주 신경을 쓴다. 선장 모자는 권위의 상징이다. 법관이 법복을 입고, 의사가 의사 가운을 입고, 경찰이나 군인이 제복을 입는 것과 마찬가지 이치다. 때론 복장 자체가 사회적 위치를 나타내기도 한다.

그래서 나폴레옹은 "사람의 위치는 그가 입은 대로 된다"고도 했다. 옷은 잘 입고 다니는 것이 좋다. 화려하고 사치스럽게 입으라는 이야기가 아니다. 자신의 직업과 분수에 맞게, 단정하고 깨끗하게 입고 다닐

영화, 나의 멘토가 되다

필요가 있다.

지금까지 너무 차림새에만 치우쳐 이야기를 하고 있는 것 같다. 물론 외양도 중요하지만 인생이 또 그런 것만은 아니다. 이제부터는 정신적인 측면에서 오는 매력의 요소에 대해서도 살펴보기로 하자.

♯4

잭은 늘 유쾌하고 심각하지 않다. 곤란한 일이 닥쳐도 항상 긍정적이다. 웃음과 유머를 잃지 않는다. 감옥에 들어가도 원주민에게 잡혀도, 스완에게 속아 바닷속으로 빨려 들어가는 순간 등 아무리 어려운 상황에서도 여유로운 모습을 보인다.

이런 모습은 주위 사람들 대부분이 잭을 좋아하게끔 만든다. 삶이 힘들고 괴로운가. 그럴수록 억지로라도 더 웃어야 한다. 심리학에 '안면 피드백 이론Facial Feedback Theory'이란 것이 있다. 일부러라도 웃으면 정말로 즐거워서 웃을 때와 같은 몸속 반응이 일어나며 실제로 기분도 좋아진단다.

이렇게 웃음은 행복을 주고, 친구 간에 우정을 만들고, 좌절한 자에게 용기와 삶의 의욕을 준다. 돈으로 살 수도, 빌릴 수도, 훔칠 수도 없는 것이 웃음이다.

특히 높은 위치에 있는 리더일수록 유머 감각을 가져야 한다. 복잡하고 갈등이 있는 사안일수록 한 발짝 떨어져서 웃음으로 여유롭게 바라볼 수 있어야 한다. 링컨이 남긴 일화다.

선거전에서 링컨이 상대편 후보로부터 이런 공격을 받았다. "링컨은

두 얼굴을 가진 사람입니다." 링컨의 응수는 점잖으면서도 멋지다. "제가 당신 말씀대로 두 얼굴을 가지고 있는 사람이라면 이런 자리에 이렇게 못생긴 얼굴을 가지고 나왔겠습니까?"

영국의 정치가 윈스턴 처칠Winston Leonard Spencer Churchill도 이런 유머의 고수다. 상대편 당의 여성 의원이 의회에서 처칠에게 매서운 공격을 하며 이렇게 말했다. "내가 당신의 아내라면 당신 찻잔에 독약을 넣을 겁니다." 곧 처칠에게 발언 기회가 주어졌다. "네, 제가 당신 남편이라면 주저 없이 그 독배를 마셨을 겁니다."

＃5

잭은 눈치가 굉장히 빠르다. 상대편의 기분 상태를 얼른 느끼고 자신의 거취와 대화 분위기를 신속히 결정한다. 혹자는 이를 잔머리와 혼동하기도 한다. 하지만 분명 눈치와 잔머리는 의미가 다르다. 잔머리는 자기만을 위한 이기적인 의미가 강한 반면에 눈치는 상대를 위한, 상대를 배려하는 요소가 더 강하다.

심리학자 스나이더M. Snyder는 다른 사람들의 감정 상태와 다른 사람에게 자신이 어떤 모습으로 비치는지를 정확하게 파악하고 상대나 상황에 맞게 자신의 행동을 적절하게 조절하는 능력을 '자기 감찰Self Monitoring'이라 정의했다.

에구, 학자들은 뻔한 것도 참 어렵게 이야기한다. 그보다는 우리 조상님들이 더 대단하다. 속담을 통해 같은 세상 이치를 간단하고 쉽게 설명해주신다. "눈치만 있으면 절에 가서도 젓갈을 얻어먹는다."

영화, 나의 멘토가 되다

지위가 높을수록 남을 배려하지 않고 자신만을 생각하는 경우를 흔하게 볼 수 있다. 어느 학술 행사장에서 직접 겪은 일이다. 행사가 끝난 후 만찬이 이어지는 자리였다. 어느 행사나 마찬가지지만 예정보다 일정이 늘어지고 있었다. 참석자 모두 말은 하지 않았지만 배가 고픈 상태였다.

그런데 축사를 위해 참석한 한 교수가 무려 30분 동안 화려한(?) 전문 용어를 섞어가며 많은 사람들이 잘 알아듣지도 못하는 장황한 연설을 했다. 나 역시 괴롭기 짝이 없었다.

헉, 식순을 보니 뒤에 연설이 하나 더 있었다. 평소 잘 알고 지내는 분이었다. 학식이나 경륜, 입담이 만만치 않은 분이었다. '아, 또 얼마나 더 기다려야 밥을 먹을까.' 하지만 그분은 눈치가 '10단'이었다. 자신의 원고가 꽤 길었음에도 거두절미하고 단 3분 만에 화끈하게 핵심만 이야기하고 연설을 마쳤다. 그분이 정말 다르게 보였다.

＃6

잭은 선장으로서 자부심이 매우 강하다. 말끝마다 자신이 '선장'임을 강조한다. 사람은 적당히 자부심과 자기애가 있어야 한다. 반대로 자기 비하를 자주 하는 사람도 있다. 사람들 대부분은 그런 사람을 싫어한다. 같이 있으면 우울한 기분이 들고 자기까지 괜히 잘못될 것 같다. 세상에 대한 사랑도 자기에 대한 사랑에서 출발한다. 자기를 사랑하고 자신에 대한 자부심을 가져야 한다.

끝으로 잭의 매력 요소 하나만 더 이야기하고 글을 맺기로 하자. 잭

제3부 | 사회생활, 나 하기 나름이다

은 종종 실수도 하며, 모르는 것은 모른다고 솔직히 이야기한다. 잭처럼 사람은 적당히 빈틈도 있어야 한다. 찔러도 피 한 방울 안 나올 것 같은 그런 사람은 별로 매력이 없다. 적당히 실수도 하고 그래서 인간적인 면모를 보이는 것도 좋다.

매력을 높이는 측면에서도 그렇지만 세상을 사는 지혜에서도 빈틈을 어느 정도 갖는 것이 도움이 된다. 옛말에 '도광양회韜光養晦'라 했다. 빛을 감추고 적당히 어둡게 하라는 뜻이다.

너무 잘난 척하는 것보다는 자신의 재주를 적당히 감추고 사는 것이 지혜로운 삶의 방식이다. 이런 이야기를 하면서 나 또한 문자를 쓰며 잘난 척했다. 죄송하다. 공감할 수 있는 예로 다시 말씀드리겠다. 학창 시절 많이 읽었던 무협지에 이런 말이 나온다. "고수는 자기 기량의 3 할은 항상 숨긴다네."

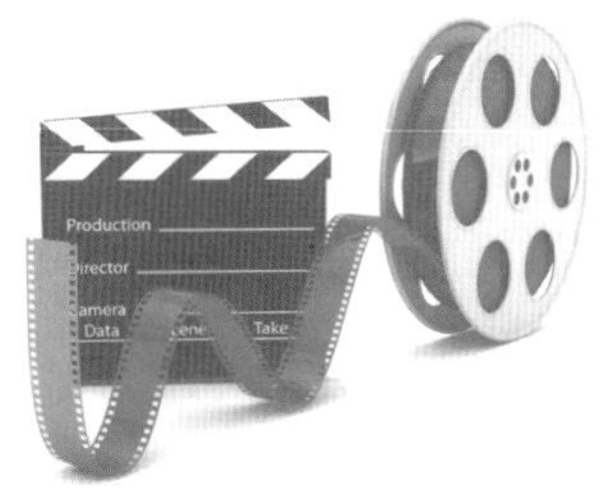

06

위대한 리더 '변희봉' 선생

〈괴물〉

#1

인터넷에 떠돌던 유머 가운데 이런 것이 있었다. 어느 문학 교수가 학생들에게 귀족적인 요소와 성적인 면을 담아 글을 써보라고 과제를 냈다. 교수는 어느 학생이 제출한 과제물을 보고 당황했다. 내용은 단한 줄. '공주님이 임신했다.' 기가 막힌 교수는 그 학생에게 SF적인 요소를 첨가해보라고 시켰다. 다시 받은 과제물 역시 한 줄뿐이었다. '별나라 공주님이 임신했다.' 화가 난 교수가 이번에는 미스터리적인 요소를 가미해 글을 쓰라고 했다(그러면서도 내심 그 학생의 과제물 내용이 기대되었다). 이번에도 내용은 한 줄. '별나라 공주님이 임신했다. 과연 누구의 아이일까.' 단단히 화가 난 교수는 마지막으로 종교적인 요소까지 더하라고 시켰다. 다시 써 온 과제물에 기가 막힌 교수는 결국 'A'를 주

131

고 말았다. '별나라 공주님이 임신했다. 오, 마이 갓!Oh, my God! 과연 누구의 아이일까.'

시작부터 '웬 시시껄렁한 유머'냐고 하겠다. 그럴 이유가 있어서 소개했다. 일단 본론으로 들어가자. 이번 글에서 다뤄볼 영화는 다름 아닌 〈괴물〉이다. 다들 알다시피 〈괴물〉은 한국 영화 사상 최고의 관객을 동원했다. 관객이 1,300만 명을 돌파했다. 그렇다면 영화 보는 것이 가능한 연령대에서 세 사람 가운데 한 사람 정도는 봤다는 이야기다. 그러다 보니 본 사람마다 '이러쿵저러쿵' 감상평이 다양하다.

고명하신 평론가님들도 웬만한 분들은 다 한 번씩 이 영화를 소재로 글을 쓰셨다. '가족 영화다', '반미反美 영화다', '권력 비판 혹은 무정부주의적인 영화다' 등 견해가 분분하다. 그런데 나에게는 이 영화가 훌륭한 '리더십'에 관한 이야기로 보였다. 좀 생뚱맞은 소리로 들릴지도 모르겠지만 말이다.

나로서는 사뭇 진지하게 이야기하는 것이지만, 앞으로 풀어갈 이야기가 다소 억지스러워 보인다고 하는 사람이 있을지도 모르겠다는 생각이 든다. 그래서 미리 보험 삼아 같은 맥락(?)의 유머 한 구절을 먼저 소개한다. "세상은 자신이 보는 대로 보이는 법이다."

자, 이제부터 주인공 일가족의 가장인 변희봉 선생의 훌륭한 리더십에 대해 살펴보자(영화 속의 배역 이름 대신 잘 알려지고 편한 배우의 실제 이름으로 하겠다).

영화, 나의 멘토가 되다

＃2

상사나 윗사람의 위치에 있는 사람들은 한번 되돌아보자. 그동안 부하직원이나 후배가 잘못이나 실수를 저질렀을 때 어떻게 반응했나. 일단 열이 받으면 누가 있거나 말거나 그 자리에서 고함지르고 호통을 치는 경우가 대부분이다.

잘잘못을 따지기보다는 외모에 대해 거론하거나 초등학교 학력까지 의심하는 일도 흔하다. 또 잘못을 저지른 후배의 암울한 미래도 서슴없이 예언한다. 어제 아내 혹은 남편과 싸워 발생한 스트레스를 독설과 폭언을 통해 모조리 쏟아낸다. 이렇게 이야기하니까 무슨 소리인지 잘 모르겠다는 사람들이 있을 수 있다. 한번 표현해보겠다.

"도대체 대가리에 뭐가 들었니?"

"초등학교는 나왔냐? 학교 다닐 때 뭘 배운 거냐?"

"그따위로 일을 하는데 너 도대체 뭐가 될래?"

"이런 것들 데리고 일을 하려니 돌아버리겠다."

"이걸 확 잘라버려."

아, 그만하자. 분위기가 싸늘해진다. 이런 말을 들으면 대부분의 사람들은 자신의 잘못을 뉘우치기보다는 상사에 대한 반발심부터 생긴다. 또 다른 여러 사람 앞에서 이런 말을 들으면 굉장히 창피하며 모욕감을 느낀다. 다혈질인 경우라면 나이와 직급 불문하고 욱하고 들이받기도 한다. 소심한 경우라도 상사의 인격을 의심하며, 이른바 '뒷담화'에 열중하게 된다. 이렇게 되면 원한만 사고, 도무지 해결되는 것은 없다.

제3부 | 사회생활, 나 하기 나름이다

그러나 우리의 변희봉 선생을 보라. 큰아들 송강호가 손님의 오징어 다리를 몰래 뜯어 먹었을 때도, 따로 조용히 불러 점잖게 직업윤리에 대해 가르친다. 아무리 한심한 아들일지라도 막 고함치고 야단치며 아들의 인격을 모욕하지 않는다. 그런 그의 모습은 아들에게 사회인으로서 강한 책임감을 깨닫도록 해준다. 물론 이 멍청한 아들은 아버지의 죽음을 목격하고서야 비로소 정신을 차리게 되지만 말이다.

또, 변희봉 선생은 잘났건 못났건 간에 가족 모두를 있는 그대로 감싼다. 그 사람의 입장에서 이해한다. '역지사지易地思之'의 정신을 몸소 실천하고 계셨던 것이다. 작은아들 박해일이 엉뚱한 아이의 손을 잡고 뛰었다고 자기 형을 질책할 때, 변 선생은 자식을 잃은 아버지의 마음이 얼마나 속상하겠냐며 송강호를 이해해준다.

잃어버린 손녀를 찾으러 나간 긴박한 상황에서 큰아들이 조는 것을 작은아들이 비난하자, 못난 아들을 탓하기 전에 아들의 어린 시절에 생활고로 인해 잘 돌보지 못했던 자신부터 먼저 질책한다. 리더로서 이 얼마나 훌륭한 모습인가.

＃3

제대로 된 리더가 되려면 인격에 더해 능력까지 갖춰야 한다. 리더라면 우선 위기 상황에서 도움을 받을 수 있는 풍부한 네트워크를 갖고 있어야 한다. 변 선생을 보자. 정부는 엉뚱하게 변 선생 일가족을 감염자로 판단해 격리한다. 이때 변 선생은 자신의 네트워크를 이용해 가족들을 모두 탈출시킨다. 그는 삼엄한(?) 정부의 감시망를 뚫고 탈출하는 탁월한 능력을 발휘한다.

리더로서 변 선생의 능력은 이뿐만이 아니다. 그는 더 소중한 것을 얻기 위해서라면 덜 중요한 것들은 아낌없이 투자할 줄 알았다. 또 큰 목표의 달성을 위해 그 누구보다 솔선수범했다.

모두들 아는 영화 줄거리 속에서 그 논거를 대보자. 그는 정부만 믿고 기다려서는 괴물에게 잡혀간 손녀를 도저히 찾을 수 없는 상황에서, 손녀를 직접 찾아나서기 위해 매점을 제외한 전 재산을 털어 통제구역에 진입하기 위한 방역 차량, 한강 지도, 괴물에 맞설 무기를 구입한다.

또한 노구임에도 자식들을 통솔하고 앞장서서 손녀를 찾아나선다. 아, 변 선생은 임기응변마저 뛰어나시다. 위조한 방역차로 통제구역에 들어갈 때, 뇌물을 요구하는 공무원에게 큰아들 송강호가 '삥땅' 친 저금통을 들이밀고 위기에서 탈출한다. 푼돈마저도 유용하게 잘 사용하는 이 유연함을 보라. 정말 배울만 하지 않은가.

무엇보다도 변 선생이 리더로서 위대한 점은 자신을 내던져서 가족

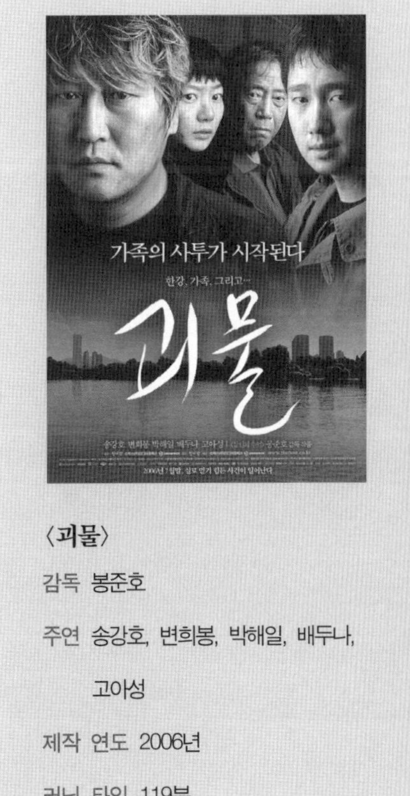

〈괴물〉

감독 봉준호

주연 송강호, 변희봉, 박해일, 배두나,
　　　고아성

제작 연도 2006년

러닝 타임 119분

구성원인 세 자식들을 모두 개선시켰다는 점이다. 세르반테스는 "좋은 지휘관을 만났을 때 병사들은 용감해진다"고 했다. 사람은 어떤 리더를 만나느냐에 따라 전혀 다른 차원으로 발전하기도 한다. 그래서 이런 격언도 전해진다. "사자가 이끄는 양의 군대는 양이 이끄는 사자의 군대보다 강하다."

큰아들 송강호는 정말 한심하고 모자란 위인이다. 가진 것이라고는 딸에 대한 사랑뿐, 그 외에는 생활력도 굳건한 의지도 없다. 그러나 변 선생은 자신의 목숨과 바꿔 못난 큰아들에게 가장으로서 가져야 할 책임감을 물려준다. 아버지의 처절한 죽음을 목격한 이후, 송강호는 제대로 된 가장으로 거듭난다.

작은아들 박해일은 자식 가운데 유일하게 대학을 나왔지만, 술만 퍼먹는 실업자 신세에 매사에 불평불만만 늘어놓는 그런 위인이다. 어설픈 운동권 출신으로 사회에 대한 비판만 할 줄 아는 한심한 인물이다. 그러나 아버지의 죽음 이후, 위치추적을 통해 조카의 위치를 알아내고 (흉계에 빠져 잡힐 뻔했지만), 화염병을 제조해 괴물에도 당당히 맞선다.

늘 무력하면서도 부정적으로만 살아가던 인물이 세상과 당당하게 맞서게 된 것이다. 괴물 퇴치 이후, 비록 박해일의 생활이 묘사되지는 않았지만 그는 분명 그 전과는 다른 삶을 살아가고 있으리라.

이번에는 막내인 딸을 살펴보자. 양궁선수인 그녀는 심약한 마음 때문에 번번이 결정적인 순간에서 실수해 금메달을 놓치고 만다. 그러나 아버지의 숭고한 죽음 이후, 괴물을 퇴치해야 할 결정적인 순간에 정확한 화살을 날린다. 양궁선수로서도, 훌륭한 사회인으로서도 성공적인 인생을 그려갈 그녀가 그려진다.

이야기가 장황하게 길었다. 사실 변 선생의 훌륭한 리더십은 훌륭한 아버지의 모습에서 비롯되었다고도 볼 수 있다. 시인 조지 허버트 George Herbert는 "한 사람의 아버지가 백 사람의 스승보다도 낫다"고 했다. 훌륭한 아버지가 많아질수록 훌륭한 리더도 많아질 터이다. 그러면 우리나라도 좀 더 좋은 곳이 될 테고.

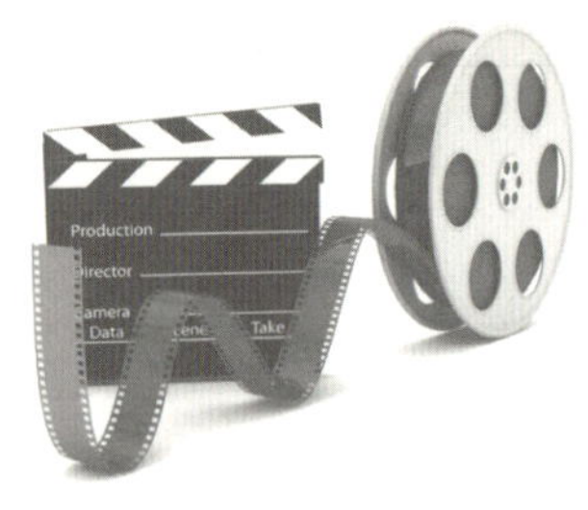

07

진정한 리더는 여성적이다!

〈내니 맥피〉

＃1

리더의 덕목, 다시 말해 리더십에 관한 이야기는 굉장히 많다. 역사 속의 위인이라면 그들 나름대로 다 한마디씩은 한 것 같다. 그들 각자가 대부분 리더였다. 자기만의 철학 한두 가지씩이 없었을 리 만무하다.

"남을 따르는 법을 알지 못하는 사람은 좋은 지도자가 될 수 없다." (아리스토텔레스)

"지도자는 물과 같이 외유내강外柔內剛해야 한다."(소크라테스)

"부하를 사랑하고, 경쟁자에게도 존경을 받고, 지식이 풍부해 모든 부하가 따른다면 천하 만민의 지도자가 될 수 있다."(제갈공명)

"먼저 엄하게 시작해서 너그럽게 해야 한다. 우선 너그럽다가 뒤에

엄하면 사람들이 그 혹독함을 원망한다.”(홍자성)

전부 너무 옛날이야기거나 다른 나라 사람들 아니냐고. 그럼 생존해 계신 우리나라 분들 말씀도 들어보자. “5% 지시, 95% 확인.” 경기고속 허명회 대표의 말이다. 또 도올 김용옥은 “진정한 사회의 리더는 여성적이어야 한다”고도 했다.

모두 다 구구절절 옳은 말씀이다. 하지만 난 국가와 사회를 이끌 리더가 아닌데 무슨 소용이냐고. ‘천만의 말씀, 만만의 콩떡’이다. 누구에게나 모두 리더의 역할이 주어져 있다. 학교를 나왔다면 후배들이 있기 마련이고, 신입사원이 아니라면 누구나 후배사원 한둘은 거느리고 있으며, 가정을 이루면 자식들을 이끌어가야 한다.

리더십은 결코 남의 이야기가 아니다. 내 일상생활을 행복하고 보람차게 꾸려갈 노하우이자 삶의 지침이다. 또 세상사란 누구도 모르는 법이다. 내가 정말로 리더의 자리에 오르게 될지 누군들 알겠나.

＃2

영화 〈내니 맥피〉는 판타지 영화다. 어머니가 죽고 아버지 혼자 키우는 말썽꾸러기 일곱 아이와 이들을 길들이는 마법사 유모가 주인공이다. 줄거리는 별다른 것이 없다. 이런저런 골치 아픈 문제와 말썽이 있다가 결국 다 행복하게 잘 산단 이야기다.

하지만 이 영화는 다르게 보면 훌륭한 리더십 교과서이기도 하다. 보모인 맥피와 일곱 아이들의 아버지 세드릭은 좋은 리더십과 나쁜 리더십의 극명한 차이를 보여준다.

먼저 맥피를 들여다보자. 맥피는 아이들과의 첫 만남에서 이렇게 이야기한다. "너희들이 원하지 않지만 내가 필요할 때까지 머물 것이고, 원하지만 필요하지 않으면 떠날 것이다." 아이들이 완전히 자립할 때까지만 돕겠다는 공언이다. 진짜 리더는 억지로 끌고 가지 않는 법이다. 다만 가야 할 길을 제시할 뿐. 인생은 결국 자신 스스로가 해결하고 개척해가야 한다.

맥피는 처음에는 매우 엄격하다. 아이들에게 지켜야 할 규율을 일러주고 따르도록 만든다. 말을 듣지 않으면 마법도 불사한다. 일어나기 싫어 홍역에 걸렸다고 거짓말 하는 아이들을 꼼짝 못하게 만들어, 진짜 침대에서 일어나지 못하도록 만들어버린다.

물론 판타지 영화이다 보니 이를 감안하고 봐야 하지만, 맥피는 리더는 아랫사람들을 이끌 강력한 실력이 있어야 한다는 것을 보여준다. 그리고 초반에 엄격하게 대하다가도 규칙을 잘 지킬수록 아이들에게 자애롭게 대한다. 그녀는 '신상필벌信賞必罰'의 원칙을 정확히 지킨다.

맥피의 지시는 매우 단순하고 명쾌하다. '제시간에 잠자고 일찍 일어

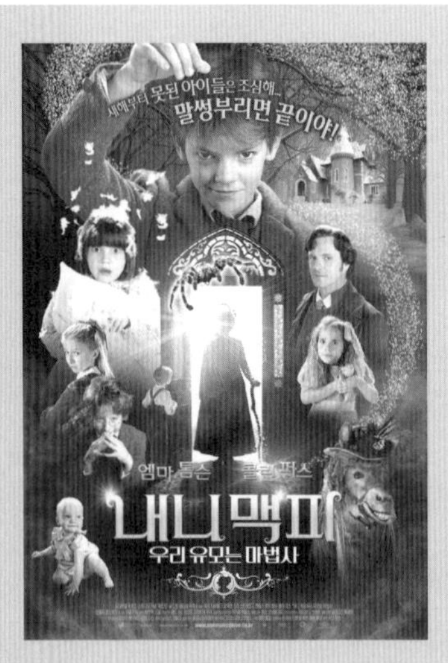

〈내니 맥피: 우리 유모는 마법사

Nanny McPhee〉

감독 커크 존스

주연 에마 톰슨

제작 연도 2005년

러닝 타임 99분

영화, 나의 멘토가 되다

나라' 등 아이들이 지켜야 할 5가지 사항뿐이다. 그녀는 단순한 지시를 내리고 그것이 정확히 지켜지는지 확인할 뿐이다. 그것 외에는 일절 간섭하지 않는다.

맥피는 아무리 말도 안 되는 아이들의 투정이라도 일단은 먼저 이야기를 다 듣고 나서 해결한다. 아랫사람과의 대화를 결코 귀찮아하지 않는다. 또 아이들이 스스로 해결하도록 도울 뿐 자신이 직접 문제를 해결하지 않는다.

완고한 할머니 아델라이드 백작부인이 아이들 가운데 한 명을 데려가려고 할 때, 눈이 나쁜 할머니를 마법으로 속여 위기만 넘기게 해준다. 하지만 마차에 타게 되면 어쩔 수 없이 들키게 되어 있다. 맥피는 도움을 요청하는 장남 사이먼에게 이렇게 말한다. "네 힘으로 해결할 방법을 생각해 보렴. 넌 충분히 똑똑하단다."

＃3

반대로 아버지 세드릭의 경우를 보자. 그는 맥피와는 정반대의 길을 간다. 예전의 그는 아이들에게 책도 읽어주며 잘 놀아주던 자상한 아버지였다. 하지만 아이들의 어머니가 죽은 후, 생활의 문제에 봉착하자 여유를 잃고 아이들을 그저 엄격하게만 대한다. 자연스레 아이들의 원성을 살 수밖에 없다. 리더는 어떤 난관에서도 자기중심을 잃어서는 안 된다.

아무리 바깥에서 돈을 벌어야 한다지만, 아버지는 아이들 키우는 일을 보모와 요리사 그리고 하녀에게만 전적으로 맡겨 버린다. 물론 리더라면 아랫사람에게 많은 일을 위임해야 한다. 하지만 근본적인 문제에 관해서는 자신이 현장에서 직접 챙겨야 하는 일이 있는 법이다.

아이들이 말썽을 피워 보모가 나갈 때마다 아버지가 하는 일은 오로지 새 보모를 찾으러 다니는 것뿐이다. 그 전에 아이들이 왜 말썽을 부리는지, 그 이유에 대해 아이들에게 전혀 물어보지 않는다. 리더는 그 순간만을 때우는 미봉책이 아니라 근본적인 해결책을 제시해야 한다.

아내의 고모인 아델라이드 부인이 재혼을 하지 않으면 생활비를 끊겠다고 이야기해도 아버지는 그저 혼자 고민한다. 어른들의 문제라 생각해 아이들과 전혀 의논하지 않고 말이다. 아이들은 당연히 아버지가 자신들을 버려두고 재혼할 생각에만 골머리를 앓고 있다고 생각해, 아버지의 관심을 끌기 위해 말썽만 피운다. 대화의 부족은 사태를 점점 악화시킬 뿐이다.

용기를 내 대화하기 위해 먼저 다가간 장남 사이먼에게 아빠는 자초지종을 털어놓지도 않으면서, 아이들이 어른들의 일에 간섭하려 한다며 호통만 친다. 사이먼이 "아빠는 전혀 들으려 하지 않는다"고 반발하는 것은 당연한 일이다. 아무리 아이들뿐이지만 가족들이 힘을 합치면 큰 힘을 발휘한다는 소박한 진리를 아버지는, 처음에는 전혀 깨닫지 못한다.

♯ 4

서두에 언급한 여러 말씀 가운데 개인적으로는 도올의 이야기가 가장 와 닿는다. "진정한 리더는 여성적이어야 한다"는 말씀 말이다. 아,

마초 기질이 넘치는 남성들이나, 극렬한 페미니스트들 모두 오해 없으시기 바란다. 꼭 '여성'이어야 한다는 소리가 아니라 '여성적'이어야 한다는 이야기니까.

이는 리더에게는 남성적인 요소와 여성적인 요소가 잘 혼합되어야 한다는 말이기도 하다. 리더십에서 여성성이 가지는 가장 큰 장점은 '섬세'하며 '관계지향적'이라는 부분이다. 경영학적 관점으로 '정보사회에서는 네트워크를 형성하는 힘이 경쟁력이다'라며 이러쿵저러쿵하는 이야기는 여기에서는 관두자.

나의 관심은 우리 모두의 행복이다. '사소한 차이가 명품을 좌우한다'라는 어느 가전제품 광고도 있지만, 물질적인 부분이 아니더라도 대부분 삶의 질은 작은 부분에서 좌우된다. 행복을 만드는 건 큰 게 아니란 소리다.

작은 배려, 소박한 칭찬, 정겨운 수다 등 전통적인 남성상에선 보기 힘든 이런 여성적인 면들이 우리들을 행복한 가정생활, 행복한 직장생활로 이끈다. 여자들이야 원래부터 잘하고 있으니까 더 말할 필요가 없다. 남자들이여, 수다 떠는 걸 부끄러워 말자. 칭찬하는 걸 어색해하지 말자. 동료에게 커피 한 잔 타주는 건 자존심 상하는 일이 절대 아니다.

폼만 잡는다고, 힘이 있다고, 진정한 리더가 되는 게 절대 아니다. 진짜 멋진 리더는 실력이 있으면서도 다정하고 매력 있는 사람이다. 이제부터라도 생각을 조금만 바꾼다면, 당신도 사회생활을 즐겁고 행복하게 이끄는 멋진 리더가 될 수 있다.

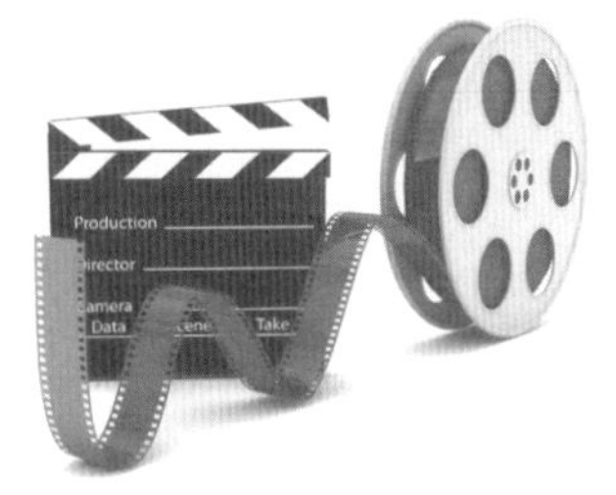

08

다른 사람의 생각은 중요하지 않아

〈뉴욕 스토리〉

#1

어릴 적 삼촌이 찾아오면 무척 신이 났었다. 삼촌의 손에는 늘 종합 과자선물세트가 들려 있었다. 사탕이며 비스킷이며 온갖 과자가 상자 가득 들어 있었다. 그것을 양손에 들고 동네를 뛰어다니며 신 나는 하루를 보냈다.

영화에도 그런 종합선물세트 같은 작품들이 있다. 대단한 감독 여럿이서 옴니버스 형태로 만드는 영화가 바로 그런 경우다. 그 가운데서도 1989년 작 〈뉴욕 스토리〉는 특히 기억에 남는 작품이다. 우선 영화의 각 에피소드에 참여한 감독들의 면모부터가 대단하다.

마틴 스코세이지Martin Scorsese가 〈인생 수업Life Lessons〉, 프랜시스 포드 코폴라Francis Ford Coppola는 〈조 없는 삶이란Life Without Zoëe〉, 우

디 앨런Woody Allen은 〈오이디푸스 콤플렉스Oedipus Wrecks〉라는 단편을 각각 만들었다. 세 감독 모두 뉴욕을 사랑하는 사람들이고, 그래서 모두 뉴욕을 배경으로 이야기를 하나씩 풀어낸다.

세 편 모두 재미있다. 하지만 개인적으로는 〈인생 수업〉을 단연 으뜸으로 꼽는다. 먼저 음악부터 끝내준다. 밥 딜런Bob Dylan의 록 음악은 물론이고, 메인 테마로 쓰인 프로콜 하럼Procol Harum의 「A Whiter Shade of Pale」도 정말 좋다. 이 곡은 나중에 뉴에이지 피아니스트 데이비드 란츠David Lanz가 연주하기도 했는데, 깔끔하긴 해도 확실히 원곡의 끈적한 분위기에 비하면 맛이 조금은 떨어지는 것 같다.

멋진 음악이 마틴 스코세이지의 영상과 잘 어우러진다. 음악은 주인공인 추상화가 라이어넬(닉 놀테)가 그림을 그릴 때 어김없이 등장한다. 화가의 그림에 대한 열정과 고민이 음악과 함께 화면에 어우러진다. 그 누가 그림 그리는 장면을 이토록 멋지게 찍을 수 있을까.

♯2

제목이 왜 〈인생 수업〉일까. 표면적으로 보이는 줄거리는 지극히 통속적이어서 인생 수업과는 크게 상관없어 보이는 것 같다.

실력은 있지만 성격이 괴팍한 화가의 예술에 대한 열정과 젊고 예쁜 조수를 향한 욕정처럼 보이는 사랑, 그리고 그를 지겨워하며 떠나려는 조수의 신경질이 영화의 줄거리를 이룬다. 영화의 분위기는 매우 건조하고 대사 역시 그렇다. 하지만 곱씹어 보면 화가가 심드렁하게 내뱉는 한마디 한마디에 삶의 지혜가 소복이 담겨 있다.

145
•

조수는 자신의 그림에 대해 자신이 없다. 늘 불안하다. 그 초조함은 화가에 대한 신경질로 나타난다. 화가는 조수에게 이야기한다.

"늘 중요한 걸 먼저 해야 해. 작품은 신성하다구."

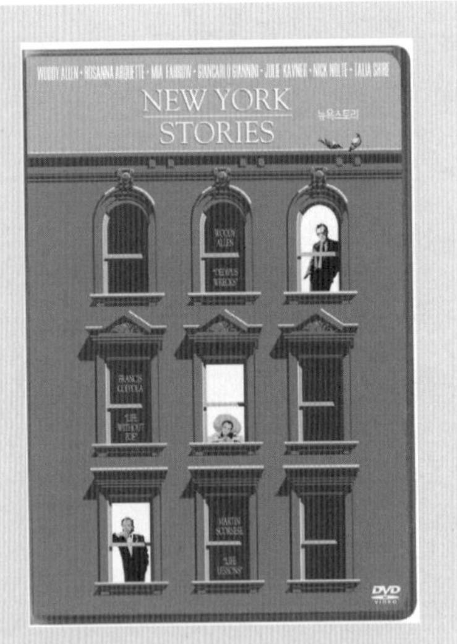

<뉴욕 스토리New York Stories>

감독 우디 앨런, 프랜시스 포드 코폴라,
　　마틴 스코세이지
주연 우디 앨런, 마빈 샤티노버, 매 퀘스
　　텔, 미아 패로, 닉 놀테
제작 연도 1989년
러닝 타임 120분

"거물인 당신의 것이나 그렇겠죠."

"네 것도 그래."

화가에게는 화단의 명성이나 부는 중요하지 않다. 그를 지배하는 양 축 가운데 하나는 그림에 대한 열정이다. 하지만 조수의 머릿속에는 '난 언제쯤 개인전을 할 수 있을까, 난 성공할 수 있을까. 내 신세는 왜 이럴까' 등의 생각으로 가득 차 있다.

"내가 재능이 있는지 말해줘요."

"넌 22살이야. 그런 것은 중요하지 않아."

"재능이 없다면 포기해야죠."

"예술은 포기하고 싶다고 포기할 수 있는 게 아니야."

화가와 조수의 차이는 극명하다. 화가는 자신의 그림 자체에 대해 열정과 관심이 있다. 자신이 만족하는 그림을 해낼 수 있을지 불안하다. 조수는 내 그림에 대해 남이 어떻게 생각하는지에 전전긍긍한다. 언제쯤 성공할 수 있을지 초조해한다.

영화, 나의 멘토가 되다

"내 그림이 어떤가요?"

"좋아. 하지만 내 생각이 뭐가 그리 중요하지? 네가 그린 그림인데."

"사람들이 내 그림을 어떻게 생각할지 알려줘요."

"네 그림은 네 것일 뿐이야. 다른 사람의 생각은 중요하지 않아."

♯3

사랑에 대해서도 마찬가지다. 화가는 아름다움 그 자체를 사랑한다. 그것은 조수에게 욕정으로 비춰진다. 하지만 화가는 여성 그 자체를 사랑할 뿐이다. 조수의 아름다운 발에 키스하고 싶어 하는 화가에게 조수는 자신을 탐한다고만 생각해 질려버린다.

화가의 사랑에는 이유가 없다. 아름답기 때문에, 그저 좋기 때문에 사랑할 뿐이다. 화가는 조수가 스스로를 좀 더 사랑하기 바란다. 그래서 굳이 화가 자신이 아니어도, 조수가 새로 생긴 남자친구들과 진정한 사랑을 나누길 원한다. 하지만 조수에게는 지긋지긋한 간섭으로 비칠 뿐이다.

조수는 상대편이 자신을 어떻게 대하는지가 중요하다. 헤어진 남자친구를 잊지 못하는 조수에게 화가는 당당히 부딪쳐보라고 충고한다. 하지만 남자친구의 냉담한 태도에 자존심이 상한 조수는 화가에게 화를 낸다. 그리고 묻는다.

"날 사랑해요?"

"그렇다고 이미 대답했잖아."

"그렇다면 저 경찰차 운전자에게 키스해요. 그렇지 않으면 거짓말이

제3부 | 사회생활, 나 하기 나름이다

라고 생각해 떠나겠어요."

화가는 경찰에게 다가간다. 이상하게 여긴 경찰이 총으로 위협하자, 손으로 키스 시늉을 하는 화가. 장난으로 여긴 경찰도 화답한다. 하지만 돌아보니 그녀는 이미 가버리고 없다.

그림을 포기하고 떠나려는 조수에게 화가는 불같이 화를 낸다.

"넌 네 자신을 사랑하지 않아. 그래서 내가 널 얼마나 사랑하는지 몰라."

화가가 그림을 그리는 동안 조수는 짐을 챙긴다. 자신의 육체를 탐해 자기를 붙들어뒀다고 생각한 조수. 떠나면서 마지막 원망의 말을 던진다.

"당신이 내가 재능이 없다고 말해줬으면 지금껏 난 시간을 낭비하지 않았어요."

"난 네가 태어나기도 전에 이미 결혼을 네 번이나 했어. 내가 너에게 얼마나 애착이 많은지 넌 몰라."

♯4

화가는 영화에서 두 번 '인생 수업'을 해준다고 말한다. 한 번은 조수에게, 다른 한 번은 떠나버린 조수 대신 새로운 조수를 구하면서다. 화가는 본질에 충실한 사람이다. 자신의 인생을 차지하는 그림과 사랑에 매우 열정적이다. 그는 온몸으로 사는 법을 보여준다.

그는 뛰어난 재능과 노력으로 예술계의 거물이 되었지만 정작 그런 사회적 위치에는 시큰둥하다. 또 자신이 사랑하는 여자를 함부로 대하는 남자에게 주먹을 날릴 만큼 열정적이면서도, 그 여자가 자신에 대해 어떻게 생각하는지는 별로 상관하지 않는다. 자존심 같은 것은 상관없이 자신이 사랑하는 여자를 그저 소중히 여길 뿐이다.

격언에도 "돈을 좇으면 돈이 벌리지 않는다"고 했다. 어떤 일 자체를 좋아하고 거기에 열정을 쏟아야 성공이 따른다. 일 자체를 잘 해내기 위해 고민해야지 그것으로 어떤 대가를 받을지, 다른 사람들에게 어떤 평판을 얻을지에 관심을 두는 것은 성공으로 가는 길이 분명 아니다.

대가나 명성은 생각하지 말자. 그저 내가 하는 일을 좋아하고 재미있게 여기면서 열심히 해보자. 자존심이나 상처는 걱정하지 말자. 물론 성공적이지 않을 수도 있다. 하지만 적어도 후회 없는 삶은 살 수 있을 것 같다.

이런 말을 쓰면서 부끄러워진다. 적어도 화가처럼 열정을 주체하지 못해 쓰는 글이 아니라는 것은 실토해야 할 것 같다. 못난 내 모습을 빨리 떨쳐버릴 수 있으면 좋겠다. 화가에게 인생 수업을 받고 싶지만 난 그에게 사랑받을 수 있는 여자가 아니라 아쉽다.

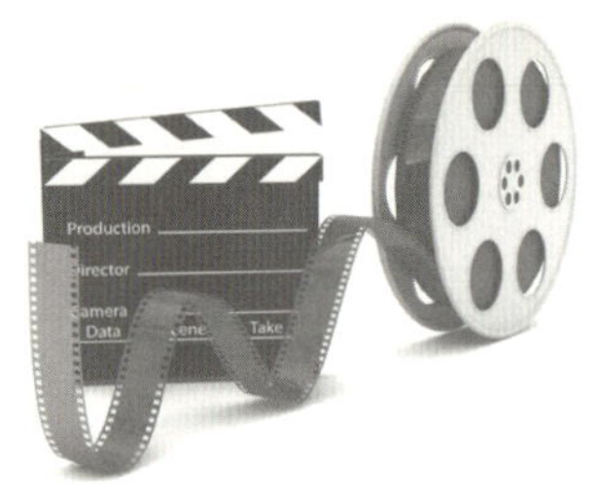

09

그녀를 사로잡은 한마디

〈이보다 더 좋을 순 없다〉

#1

네 살짜리 늦둥이 아들이 하루가 다르게 '사람 꼴'을 갖춰가는 것을 보는 재미가 쏠쏠하다. 말도 제법 늘어 간단한 심부름도 시킬 수 있다. 잘 때 일부를 제외하면 용변도 거의 가린다.

주변 사람들 이야기를 들어보니 진도가 빠른 편이라고 한다. 크면서 어차피 자연스레 배울 일인데도 바보스럽게 뿌듯한 기분이 들기도 했다. 이렇듯 진도가 빠른 비결(?)은 아무래도 '오버스럽게 칭찬하기'가 아닐까 싶다. 특히 용변을 처음 가릴 때 효과를 톡톡히 봤다.

기저귀를 처음 떼고 아이가 거실에서 그냥 오줌을 쌀 때도 "쉬 마려우면 '쉬'라고 말해"라고 눈을 마주치고 조용히 이야기했다. 그러다 처음으로 아이가 "쉬"라고 했다. 얼른 빈 우유병으로 해결해주고는, 나와

150
·

영화, 나의 멘토가 되다

아내가 잘했다고 요란하게 박수를 치고 엄지손가락을 치켜들며 아이를 칭찬해줬다. 엄마 아빠의 요란한 칭찬에 아이는 배시시 웃으며 뿌듯한 표정을 지었다.

아내와 나의 요란스러운 칭찬은 그 후로도 계속 이어졌다. 아이는 얼마 지나지 않아 유아용 변기에 소변을 보고, 나아가 화장실에서 용변을 해결하는 수준까지 발전했다. 심부름도 같은 방식으로 가르쳤고, 인사하는 습관도 그렇게 들였다. 아직 그림책 수준이지만 책 읽는 습관도 그렇게 붙여볼 참이다.

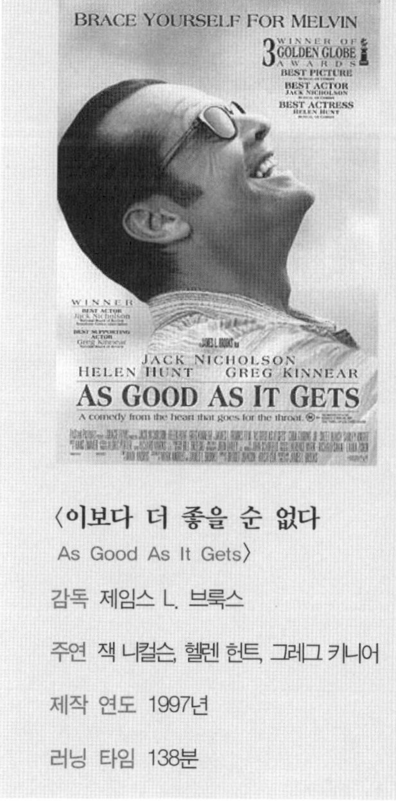

〈이보다 더 좋을 순 없다
As Good As It Gets〉

감독 제임스 L. 브룩스

주연 잭 니컬슨, 헬렌 헌트, 그레그 키니어

제작 연도 1997년

러닝 타임 138분

#2

영화 〈이보다 더 좋을 순 없다〉에서 잭 니컬슨이 연기한 주인공 멜빈은 강박증에 시달리는 소설가로 성격이 정말 괴팍하다. 누구에게나 무례하고 늘 독설을 내뱉는다. 모두가 싫어하는 그를 단골 식당의 캐럴만은 참을성 있게 상대해주고 친절하게 서빙을 해준다.

캐럴을 좋아하는 멜빈은 드디어 분위기 좋은 레스토랑에서 그녀와 함께 식사를 하게 된다. 하지만 제 버릇 남 주겠나. 멜빈은 괜한 말로 캐럴의 기분을 상하게 한다. 멜빈은 화가 나 자리를 뜨려는 그녀를 간신히 말린다. 캐럴은 멜빈에게 독설 대신 칭찬을 한번 해보라고 한다.

고민 끝에 입을 떼는 멜빈. "나는 강박증 때문에 고통당하고 있어요. 의사는 약을 복용하면 60% 정도는 병을 치료할 수 있다고 하는데 난 약 먹기가 싫어요." 캐럴은 엉뚱한 소리만 한다고 타박하는데 멜빈은 말을 이어간다. "나는 약 먹는 것을 정말 싫어하지만 당신이 나를 찾아온 그 다음 날부터 약을 복용하기 시작했어요."

이 말을 듣고 약간 기분이 좋아진 캐럴. 멜빈의 결정타가 나온다. "당신은 내가 더 좋은 남자가 되고 싶게 만들었소." 캐럴은 한평생 들어본 것 중에 최고의 칭찬이라고 기뻐한다. 독설밖에 모르던 괴팍한 남자가 자기의 약점인 속사정까지 털어놓으면서 한 진심 어린 칭찬이 그녀를 기쁘게 만든 것이다.

#3

우리나라 사람들은 대체로 칭찬에 인색한 편이다. 직장인들이 상사의 칭찬에 목말라 한다는, 또 많은 직장인들이 칭찬을 듣지 못한다는 취업정보 업체의 설문조사 내용을 인용한 보도가 이미 여러 차례 나오기도 했다. 돈 드는 것도 아닌데 사람들은 왜 이리 칭찬을 아낄까. 아마도 경쟁이 너무나 치열한 사회여서 그런 것은 아닐까. 누군가를 칭찬하면 자기 위신이나 입지가 깎인다고 생각하는 것이다. 입사 동기가 나보다 먼저 승진하지 않을까 걱정되고, 후배가 치고 올라오지 않을까 겁나고, 선배를 넘어서고 싶다는 욕망이 강하다보면, 누군가를 칭찬하기가 힘들어질 수밖에 없다.

하지만 괴테는 "남을 칭찬하면 자기가 낮아지는 것이 아니라 칭찬하는 상대와 같은 위치가 되는 것"이라고 했다. 남을 칭찬하면 그 복이 결국 자기에게 돌아오기 마련이라는 가르침이기도 하다. 칭찬은 남에게도 좋고 나도 행복해지는 일이다. 작은 일이라도 진심을 담아 칭찬하는 목소리가 우리 사회와 직장에 퍼졌으면 좋겠다. "큰 소리로 칭찬하고 작은 소리로 비난하라." 러시아 격언이다.

제3부 | 사회생활, 나 하기 나름이다

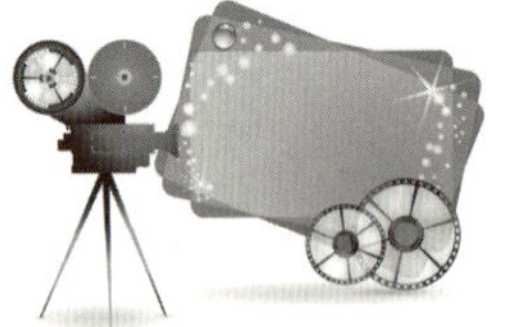

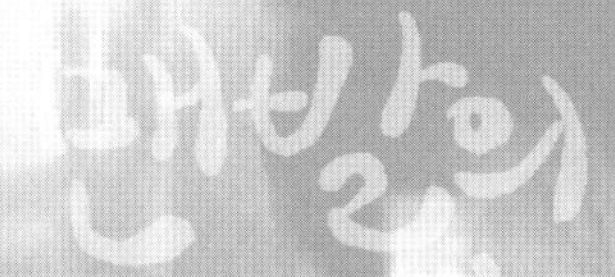

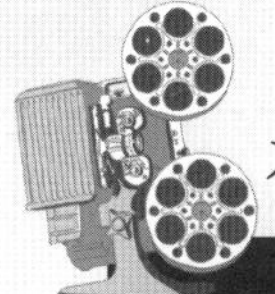

제4부 | 한 번뿐인 인생, 어떻게 살아갈까

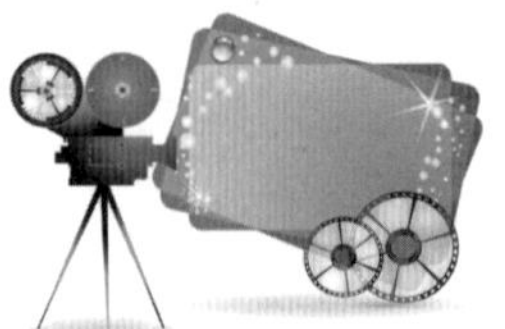

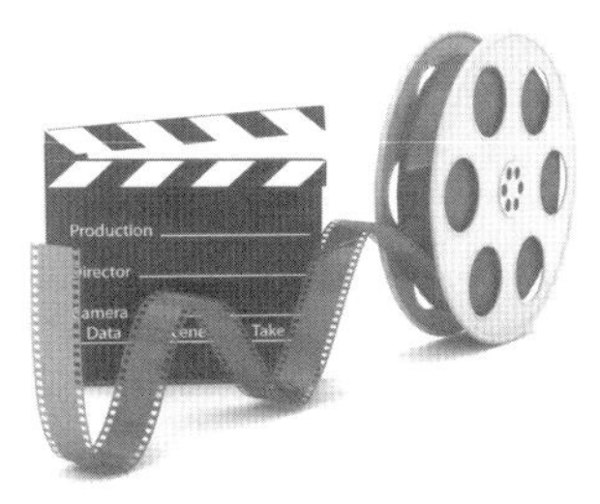

01

친구 남편은 억대 연봉인데……

〈님은 먼 곳에〉

#1

"옆 부서 김 부장 부인은 아침밥 꼬박꼬박 챙겨준다던데, 도대체 당신은 뭐야. 남편이 출근하든 말든 잠이나 자고."

"나보다 잘난 거 하나 없는 내 친구 영희는 남편 잘 만나 떵떵거리고 삽디다. 남편이 부잣집에 억대 연봉이라 강남 50평대 아파트에 살고. 남편 잘못 만난 내 팔자는 이게 뭔지……."

여느 집 부부 싸움에서 종종 나오는 레퍼토리인데 아주 다행스럽게도 내 아내는 이런 식의 비교는 잘 하지 않는 편이다. "술 좀 그만 먹어라", "거실에 누워 TV 좀 그만 봐라" 같은 잔소리만 할 뿐이다. 아내에게 말은 안 하지만 속으로는 고마울 따름이다. 직장생활 하기도 힘든 판에 최소한 비교당하는 스트레스 하나 정도는 덜어주니 말이다.

157

나도 마찬가지다. 아니, 기억을 더듬어보면 내 아내를 다른 집 아내와 비교할 마음 자체를 먹어본 적이 없는 것 같다. 기자한답시고 허구한 날 술 먹고 늦게 들어가는데 같이 살아주는 것만 해도 그게 어딘가. 내 아내가 기분 상하면 밥 못 얻어먹는 것은 바로 나다. 나랑 살아줄 것도 아닌 다른 집 아내와 내 아내를 비교하는 그런 바보짓을 할 이유가 전혀 없다.

#2

2008년 작 영화인 〈님은 먼 곳에〉를 최근에야 보게 되었다. 영화 제목처럼 그야말로 님은 먼 곳에 있다. 남편은 아내에게 말도 없이 베트남 전쟁터로 가버렸다. 대학생인 남편에게는 사랑하는 여자가 있었다. 하지만 집안의 영으로 고향 처녀인 아내와 억지로 결혼했다.

남편은 옛 연인을 통 잊지 못했다. 당연히 아내에게 마음을 붙이지도 못했다.

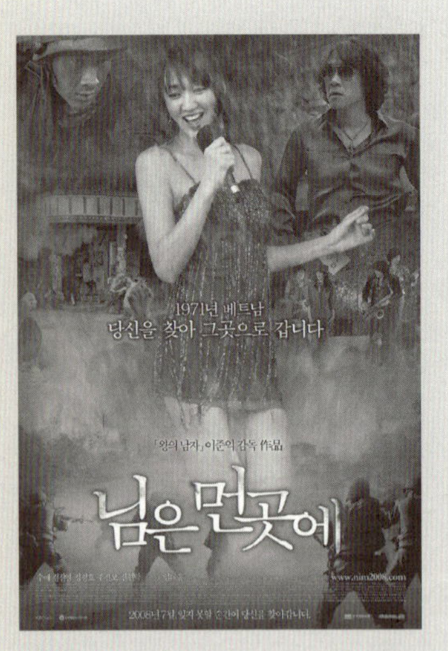

〈님은 먼 곳에〉

감독 이준익

주연 수애, 정진영, 정경호, 주진모

제작 연도 2008년

러닝 타임 126분

그러다 사고를 치고 결국 전쟁터로 휩쓸려 생사를 넘나든다. 남편은 정말 어리석다. 가질 수도 없는 사랑에 사로잡혀 하나뿐인 목숨을 사지로 내몰았다. 어머니의 3대 독자로서의 역할과 어찌 되었든 남편으로서의 위치도 함께 내던졌다.

반면 아내는 남편에게 살가운 말 한마디 듣지 못하는데도 계속 남편 면회를 갔다. 가부장제하에서의 압력이었든 오기였든 이유야 어쨌든 간에 말도 없이 떠난 남편을 찾기 위해 그 먼 베트남까지도 찾아갔다. 비록 남편보다 배운 것은 없지만 차라리 아내가 훨씬 낫다.

잡히지 않는 사랑만을 쫓다가 자기를 통째로 잃어버리고 세상에 휩쓸린 남편과 달리, 아내로서 며느리로서 가수로서 주어진 삶에 최선을 다했으니까. "니 사랑이 뭔지 아나?"며 사랑 타령하던 남편보다는 정작 아내에게 진짜 사랑이 찾아올 가능성이 더 높아 보였다. 그 사랑의 상대가 마음을 고쳐먹은 남편일 수도 아니면 다른 사람일 수도 있겠지만, 아내에게는 다가오는 사랑을 확실하게 잡을 의지와 힘이 있어 보였다.

3

내 나름대로 열심히 살고 있음에도 한동안 행복하다는 느낌이 별로 들지 않았다. 이유를 곰곰이 생각해봤다. 40대 가장으로서의 불안감일까. 그런 것 같다. 억대 연봉 받는 잘나가는 친구들에 대한 부러움일까. 그것도 맞는 것 같다. 배 나오고 머리 빠지면서 사라지는 남자로서의 매력에 대한 아쉬움일까. 뭐 그것도 대충 비슷한 것 같다.

생각하다보니 참 바보스럽다. 아직 다가오지 않은 것이고, 내게는 없는 것이고, 어쩔 수 없는 것들이 여태껏 '소중한' 나를 괴롭히고 있었다니. 비록 고액 연봉은 아니나 일자리가 있고, 귀여운 아들이 있고, 남의 남편과 비교 안 하고 아침식사까지 차려주는 마누라도 있는데. 이만하면 크게 부러울 것 없는 인생이다.

행복이 뭐 별건가. 주어진 내 일에 충실하고, 내 가족, 내 친구, 선·후배 동료와 잘 지내면 대충 행복의 9할은 채워지는 것이 아닐까. 나머지 1할은 뭐냐고. 그 답까지는 아직 얻지 못했다. 어쨌든 앞으로 다가올 시간은 내게 주어진 것에 좀 더 감사하며 살아야겠다는 결심을 해 본다.

영화, 나의 멘토가 되다

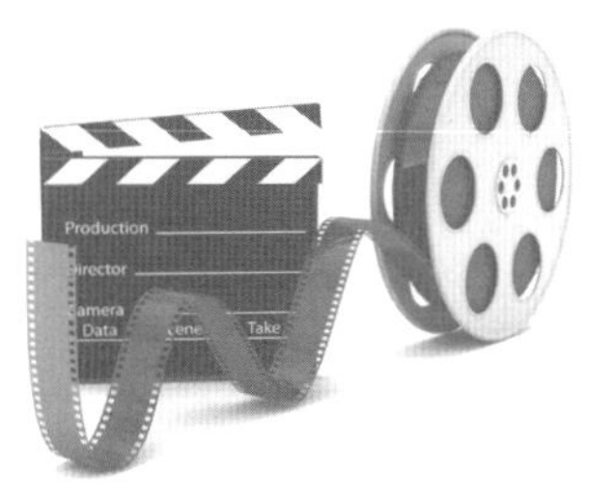

02

'정사(情事)'의 3가지 다른 모습

〈타인의 삶〉

#1

대체로 중년 아줌마들은 세상의 흐름에 매우 밝고 민감하다. 그 중년 아줌마들의 대화를 의도하지 않게 듣게 된 적이 있다. 아들딸의 진로 및 결혼문제와 관련한 이야기였다. 한 아줌마의 말이 놀라웠다. "의사 사위는 좋지만 아들은 절대 의사로 만들어서는 안 된다"는 주장이었다. 이유는 이랬다. 의사는 정말 고되고 힘든 직업이므로 사위가 열심히 번 돈으로 딸이 잘 먹고 잘 사는 건 좋은 일이지만, 내 아들이 그렇게 고생하며 번 돈으로 며느리가 즐기며 사는 꼴은 보고 싶지 않다는 것이다.

어찌 되었든 의사는 최고의 신랑감 후보에서 빠지지 않는 단골 직업이다. 판·검사도 마찬가지다. 아마도 부와 명예, 권력을 다 갖고 있어

161

서 그런 것 같다. 하지만 의사나 판·검사가 다른 사람들보다 유달리 행복을 느끼며 살고 있을지에 대해서는 조금 의문이 든다. '과로'와 '사명감' 같은 그들의 일상을 제외하고 순전히 인간적인 관점에서 하는 말이다.

의사가 항상 만나는 사람들은 아픈 사람들이다. 아픈 사람들의 마음이 즐거울 리 없고, 그런 환경의 영향이 의사에게도 미치지 않는다고는 할 수 없다. 또 판·검사가 늘 겪는 사람들은 죄를 짓거나 무슨 다툼거리가 있는 이들이다. 그런 판·검사들이 느끼는 세상이 아름다울 가능성은 그리 클 것 같지 않다.

#2

"사람은 자신이 만난 모든 사람과의 관계에 의해 좌우됩니다. 자신이 맺은 관계가 자신의 진정한 모습이지요. 현대사회가 안고 있는 고독과 소외라는 문제를 해결하는 유일한 방법은 사람들끼리의 만남입니다."

신영복 선생의 가르침이다. 말씀처럼 사람은 다양한 관계 속에서 살며 관계 속에서 자신을 느낀다. 물론 그 수의 많고 적음과는 상관없다. 냉정한 잇속에 따른 만남은 아무리 많아도 결코 마음을 따뜻하게 채워주지 못한다. 2007년 아카데미 외국어영화상을 받은 〈타인의 삶〉은 사람 간의 관계에 대해 이야기하고 있는 독일 영화다.

영화의 주인공 비즐러는 독일 분단 당시 동독의 비밀경찰이다. 그는 그 나름대로 국가를 위한다는 신념으로 체제에 반대하는 사람들을 심문하고 감시하는 일을 한다.

냉철한 그에게 일상의 대화는 그저 상대방이 진실인지 거짓인지의 여부를 가려내야 하는 '분석의 대상'일 뿐이다. 당연히 그가 맺는 관계도 그의 말과 같다. 그래서인지 영화에는 비즐러의 가정도 가족도 나타나지 않는다.

그런 비즐러가 극작가 드레이만과 그의 아내인 배우 크리스타 마리아를 감시해야 하는 임무를 맡는다. 비즐러가 도청을 통해 엿듣는 드레이만과 크리스타 마리아의 삶과 대화는 서로에 대한 배려와 사랑으로 가득 차 있다. 또 그들은 예술에 대한 열정과 우정으로 주위 사람들과 이어져 있다. 비즐러에게는 매우 낯선 모습이다. 이렇게 맺게 된 새로운 관계로 인해 비즐러는 점점 그들 부부의 삶에 동화되어간다.

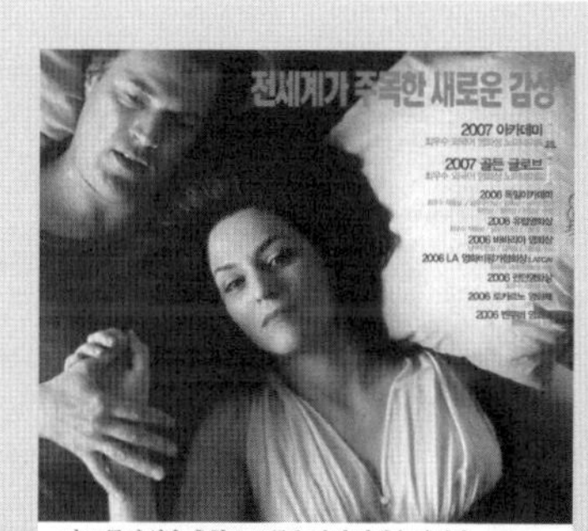

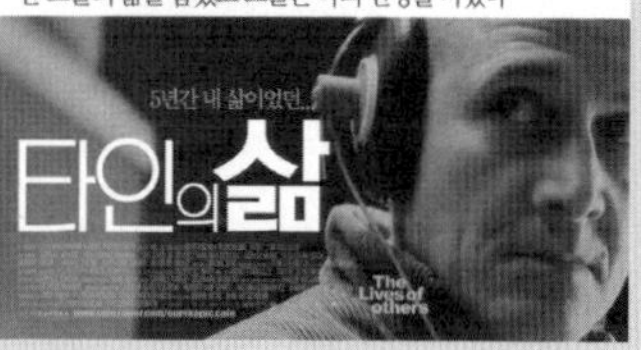

〈**타인의 삶**The Lives Of Others〉
감독 플로리안 헨켈 폰 도너스마르크
주연 울리히 뮈헤, 마르티나 게데크, 세
바스티안 코흐, 울리히 투쿠르
제작 연도 2006년
러닝 타임 137분

#3

비즐러가 드레이만과 크리스타 마리아 부부를 감시하게 된 것은 문화부장관 햄프의 욕심 때문이다. 햄프는 크리스타 마리아를 마음에 두고 자신과의 성관계에 응하지 않으면 드레이만을 가만두지 않겠다고

제4부 | 한 번뿐인 인생, 어떻게 살아갈까

협박한다. 더불어 그녀의 배우 인생도 위협한다. 그녀는 남편과 행복한 가정을 지키기 위해 매주 목요일 햄프의 차 안에서 치욕을 겪는다. 이에 분개(?)한 비즐러의 협조로 드레이만도 그 사실을 눈치챘다. 드레이만은 크리스타 마리아에게 가지 말라고 하지만, 크리스타 마리아는 햄프의 위협을 떨쳐낼 자신이 없어 드레이만을 뿌리친다.

하지만 이런 상황을 안타깝게 여긴 비즐러의 설득으로 크리스타 마리아는 드레이만의 곁으로 돌아오고, 믿음을 회복한 그들 부부는 다시 사랑으로 충만한 정사情事를 나눈다. 크리스타 마리아의 외도는 '진짜' 관계가 아니었기에, 진짜였던 그들의 사이는 회복될 수 있었다.

이런 문제를 해결하면서 괜히 공허해진 비즐러는 자신의 아파트에서 매춘부를 부른다. 하지만 그녀와는 돈으로 맺어진 관계일 뿐이다. 외로웠던 비즐러는 "조금만 더 있어달라"고 부탁하지만 그녀는 냉정하게 돌아가 버린다.

드레이만과 크리스타 마리아는 사랑으로 묶인 관계다. 그들이 나누는 정사도 '사랑'이다. 권력으로 강제한 크리스타 마리아와 햄프의 관계에서 정사는 '폭력'일 뿐이다. 그리고 비즐러의 정사는 '외로움'이다. 이처럼 같은 행위라도 관계에 따라 그 본질이 크게 다르다.

＃4

삶을 기쁨과 행복으로 채워주는 좋은 관계에는 별다른 조건이나 목적이 없다. 그 대신 진심이 있을 뿐이다. 좋은 관계에는 강요가 없다. 잘되길 바라는 진심으로 지켜볼 뿐이다. 또 정말 좋은 관계에는 나만의 기쁨이 아니라 상대의 기쁨까지 모두 들어 있다.

영화 속으로 다시 들어가 보자. 드레이만의 삶에 감동받아 그를 도와준 비즐러는 당국의 의심을 사 결국 비밀경찰에서 우편배달부로 좌천된다. 드레이만은 독일이 통일된 후에야 비로소 비즐러가 자신을 도와준 사실을 알게 된다.

감사의 인사를 전하는 대신 드레이만은 자신의 책에 'HGW XX/7에게 이 책을 바칩니다'라는 문구를 넣는다. HGW XX/7는 비즐러의 비밀경찰 시절 암호명이다. 비즐러는 서점에서 드레이만의 책을 기분 좋게 사고 자신의 지난 선택을 즐길 수 있게 된다.

비즐러는 드레이만의 삶에 감동받아 그의 예술을 이어갈 '물리적 삶'을 주었고, 드레이만은 삶의 기쁨과 의미가 무엇인지 알려주는 것으로, 그리고 비즐러의 선택이 헛되지 않았다는 것을 보여줌으로써 보답을 대신했다. 그 시작의 경위는 어찌되었든 비즐러와 드레이만은 결국 서로와의 관계에서 자신의 삶을 재발견하게 된 경우라 할 수 있겠다.

＃5

주인공 드레이만과 크리스타 마리아 부부의 관계는 영화 막판에 바뀌게 된다. 부부는 처음에는 사랑으로 이어진 '좋은 관계'였다. 그 때문에 어쩔 수 없이 크리스타 마리아가 햄프에게 능욕을 당할 때에도 드레이만은 그녀의 진심을 이해했다. 차분히 그녀를 설득하며 그녀가 스스로 돌아와주기를 기다릴 수 있었다. 남편을 위해 여자로서 감당하기 힘든 치욕까지도 감수했던 크리스타 마리아였다. 그런데 왜 그녀는 남편의 반정부 행위를 당국에 알리고, 남편에 대한 미안함으로 도망치다 결국 사고를 당해 목숨까지 잃게 되었을까.

햄프에게 괴롭힘을 당할 당시 크리스타 마리아는 자신의 배우 생활뿐 아니라 남편의 안위까지 걱정했다. 그런 사랑은 치욕마저도 견딜 수 있도록 해주었다. 하지만 마약을 복용하는 자신의 약점과 배우생활에 대한 집착에 사로잡히자 그녀는 남편과의 신의를 끝까지 지켜내지 못했다. 그들 부부 관계의 본질이 '너와 나'에서 '나'만으로 줄어들자 불행이 찾아오게 된 건 아닐까 싶다.

영화 〈타인의 삶〉은 긴 러닝 타임만큼 울림도 아주 깊었다. '내 인생의 영화' 리스트에도 한 자리를 차지했다. 동시에 영화는 내게 아주 어려운 질문 하나를 던졌다. '지금의 나는 과연 어떤 관계 속에서 살고 있는 걸까.'

영화, 나의 멘토가 되다

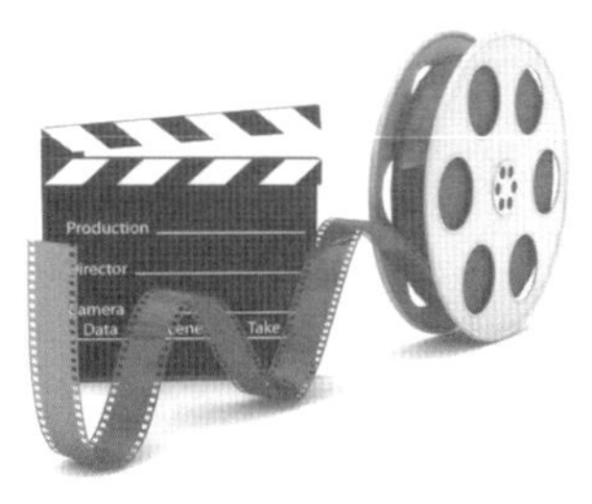

03

내가 좋은 사람 같아, 나쁜 사람 같아?

〈무간도〉 시리즈

♯1

스파이를 소재로 한 영화 가운데 〈무간도〉 시리즈는 단연 눈에 띄는 수작이다. 시리즈는 모두 3편으로 이뤄져 있다.

사람들은 1편이 나왔을 때 홍콩 느와르가 '부활'했다고 난리였다. 〈대부〉 시리즈 같은 일부 예외를 제외하면 대부분의 속편은 '그저 그런' 경우가 많은데 〈무간도〉 2·3편은 꽤 탄탄한 짜임새와 완성도를 뽐냈다.

혹 안 보신 분들을 위해 어떤 영화인지 먼저 간단히 소개부터 하자. 걱정하지 않으셔도 좋다. 〈무간도〉는 '브루스 윌리스가 귀신이다!'라는 스포일러spoiler로 화제가 되었던 〈식스 센스〉 유의 영화가 아니니까.

영화는 경찰에 들어간 조직폭력배 유건명(유덕화)과 조직폭력배에

167

•

침투한 경찰 진영인(양조위)을 축으로 벌어지는 이야기다. 영화는 처음부터 누가 스파이인지는 다 알려주고 시작한다.

(여기서 잠깐. 중국 사람 이름을 쓸 때 당연히 중국식 표기법으로 해야 한다. 유덕화는 '류더화', 양조위는 '량자오웨이' 이런 식이다. 하지만 유덕화나 양조위를 그렇게 부르면 우리의 십 대 시절 우상이었던 그 '형님'들이 아닌 것 같다. 그래서 여기서는 그냥 유덕화, 양조위로 하겠다.)

유덕화는 보스 한침이 경찰에 심어둔 스파이다. 당연히 스파이는 머리가 나쁘면 못한다. 유덕화는 경찰학교를 졸업한 후에도 뛰어난 실력을 보이며 반장으로 승진까지 한다. 반면 양조위는 경찰 간부인 황 국장이 삼합회 내부에 심어둔 첩자다. 그 역시 머리가 좋다. 스파이가 되기 위해 경찰학교에서 위장 퇴학을 당하지 않았다면 수석 졸업은 그의 몫이었다. 양조위는 온갖 위기를 넘기며 보스인 한침의 심복이 된다.

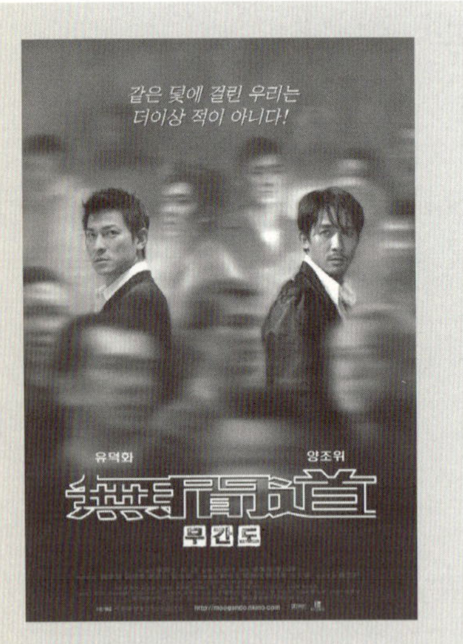

〈**무간도**無間道〉

감독 마이자오후이, 류웨이장

주연 량자오웨이, 류더화

제작 연도 2002년

러닝 타임 100분

그렇게 그들은 각각 경찰과 조직 내에서 정보를 빼내 자기가 원래 속한 조직에 도움을 주기 위해 '외줄 타기' 같은 생활을 한다. 이들 사이의 물고 물리는 서스펜스가 〈무간도〉 스토리의 기본 얼개다.

♯2

아마도 중학교 때였던 것 같다. 도덕 교과서에 이런 유의 문제가 많이 나왔다. '감기 몸살에 걸려 너무 힘든 상황에서 할머니가 버스에 타셨다. 어떻게 해야 하나.' 그때는 '왜 이런 토론주제를 던져주나' 하고 의아해했다. 지나고 보니 세상일이란 것이 어떤 특정한 잣대로만 단순하게 바라볼 수 없다는 것을 가르쳐주려 했던 것 같다.

〈무간도〉를 보며 똑같은 식의 질문을 하나 던져보자. 핵심에 다가가기 위해 다시 한 번 반복해서 설명한다. 양조위는 원래 경찰이었다. 그는 황 국장의 비밀 명령을 받고 삼합회의 비밀을 캐서 그들을 소탕하기 위해 조직폭력배가 되었다. 범죄자를 잡기 위해서이긴 했지만 그는 엄연히 범죄현장에서 그들과 함께한다. 감옥에도 드나든다. 그렇다면 양조위는 좋은 사람인가, 아니면 나쁜 사람인가.

유덕화의 경우도 마찬가지다. 그는 원래 조직폭력배였다가 보스의 명을 받아 경찰학교에 입교한다. 양조위가 빼내 온 마약 밀매 정보를 바탕으로 출동하는 경찰의 동향을 보스에게 몰래 알린다. 분명 그는 국가에 열심히 봉사하는 경찰관이지만 삼합회 보스를 위해 경찰 내부 정보를 빼돌리는 스파이기도 하다. 그렇다면 적어도 발각되기 전까지는 유덕화를 진짜 경찰이라 부를 수 있을까.

사람은 '자아ego'를 가진 동물이다. 쉽게 말하자면 '난 어떤 사람인가'라는 문제에 관심을 갖고 있다는 뜻이다. 당연히 사람은 선악의 문제에 대해 민감하다. 그런데 사실 선악의 문제는 겉으로 나타나는 현상이 아닌 믿음의 문제다. 양조위는 폭력사건을 일으킨 후, 법원의 명령을 받고 어쩔 수없이 찾아간 정신과 의사에게 묻는다. "내가 좋은 사람 같아, 나쁜 사람 같아?"

그렇게 양조위는 끊임없이 자신이 '경찰'임을 되뇐다. 그가 경찰이 된 것도 '좋은 사람'이 되고 싶어서였다. 그는 항상 자신의 자아를 잃어 버리지 않기 위해 발버둥을 친다. 그러지 않으면 늘 긴장의 연속으로 흘러가는 이 지옥 같은 폭력배와 스파이의 이중생활을 견딜 수가 없다. '좋은 경찰'이라는 확실한 자아가 있기에 양조위는 황 국장에게 '언제까지 스파이로 박아둘 셈이냐'고 대들면서도 훌륭히 임무를 수행했다. 그리고 결국 '훌륭한 경찰'로 남을 수 있었다.

물고 물리는 피 말리는 싸움 속에서 마지막까지 살아남는 사람은 유덕화다. 껍데기만 경찰이었던 유덕화는 그의 정체를 끝까지 덮어보고자 발버둥을 친다. 일단 자신을 파견한 보스를 죽여버린다. 또 자신의 정체를 알아낸 양조위를 경찰로 침투한 동료 스파이가 죽이자 그 동료마저도 직접 죽여버린다. 그렇게 해서 그는 과연 떳떳한 경찰이 될 수 있었을까.

유덕화는 경찰 내에 조직의 스파이가 더 남아 있을지도 모른다는 불안감에 시달린다. 한편으로는 자신의 처지와는 반대였던 양조위에 대한 죄책감에도 시달린다. 그러면서 그는 결국 서서히 미쳐간다. 그에게 세상은 그야말로 무간지옥과 다름없다. 왜 그런 걸까. 유덕화 역시 되고 싶었던 것은 양조위와 마찬가지로 '훌륭한 경찰'이었는데…….

그 답을 생각해보는 것은 그다지 어렵지 않다. 양조위는 좋은 사람, 훌륭한 경찰 자체가 삶의 목적이었다. 그랬기에 모든 고생을 참아가며 훌륭한 경찰이 될 수 있었다. 그러나 유덕화가 훌륭한 경찰이 되고 싶어 했던 것은 폭력배라는 과거를 숨기기 위한 방패막이로 삼기 위해서였을 뿐이다.

이쯤 되면 성격 급한 사람들의 오해를 살 수 있을 것 같기도 하다. 양조위처럼 목적이 정당하면 수단을 가리지 않아도 된다는 얘기는 절대 아니다. 2편에서 양조위의 상관인 황 국장은 조직폭력배를 뿌리 뽑기 위해 조직 총 보스의 살해를 사주한다. 그로 인해 그는 진정한 경찰의 모습에 관해 고민하며 매우 괴로워하기도 한다. 정당한 목적은 올바른 수단에 의해 더 빛이 나는 법이다.

괜한 오해를 피해보려다 말이 옆으로 샜다. 본론으로 돌아가자. 각자의 인생은 모두에게 정말 소중하다. 그래서 더욱 우리 인생이 어떤 수단이나 방법에 의해 좌우되어서는 안 될 것 같다. 나를 규정지을 가치, 참된 삶의 목표, 이런 것들을 위해 살아가야 한다. 그래야 흔들림이 없다. 그렇다고 현실을 무시하고 고고하게 살아가야 한다는 얘기도 역시 아니다.

우리 모두 관심이 많은 돈 문제를 예로 들어보자. 예전에 인터뷰했던 한 CEO는 이런 말을 해주었다. "많이 듣던 이야기일 겁니다. 사업을 한 20년 넘게 해보니 정말 실감하겠더군요. 돈을 쫓아다니면 절대 돈이 붙지 않습니다. 최고의 물건을 만들겠다, 손님들에게 기쁨을 주겠다, 이런 목표를 쫓다보면 자연스레 돈이 따라옵니다."

최근 들어 '10억 원 모으기' 등 재테크 방법이 많은 이들의 관심을 받았지만 돈을 모으는 그 자체가 목표가 되어서는 결코 행복해질 수 없다. 10억 원을 모으면 할 수 있는 것들, 그래서 누릴 수 있는 삶의 기쁨에 대해 생각하자. 물질만으로는 절대 행복이 이뤄지지 않는다. 행복의 형태를 이뤄내는 접착제가 필요하다. 그게 바로 삶의 가치관이나 목표가 아닐까 싶다.

#3

〈무간도〉는 홍콩이 중국으로 반환될 당시를 시대 배경으로 한다. 그래서 영화는 새로운 체제에 접하게 된, 가치관과 정체성의 혼란을 느끼던 홍콩 사람들의 정서를 대변하고 있기도 하다. 경찰이지만 조직폭력배이고 조폭이지만 경찰인 두 주인공의 모습은 혼란스러운 홍콩을 상징한다.

그런 모습은 요즘 우리 사회의 어지러움과도 사실 많이 닮아 있다. 한쪽에서는 지난 모든 것들이 나쁘다며 지워야 한다고 말하면서도, 정작 무엇을 어떻게 새로 해 나가야 할지에 대해서는 잘 알지 못한다. 또 다른 한쪽에서는 언제까지나 '이대로'를 유지하고 싶어 하면서도 '영원히 이대로'는 불가능하다는 것을 어렴풋이 짐작한다. 그러면서도 새로운 무언가를 찾지 못한다.

언젠가 온 나라를 흔들었던 도청과 X파일 논란은 그런 사회의 혼란상이 모두 압축된 현상이 아닐지. 어떤 수단과 방법을 동원하든 권력을 잡아야 하고, 그렇게 잡은 권력을 길게 이어가야 하는 정치인들. 자신의 이익을 지키기 위해 권력과 결탁하려는 재벌들, 그 사이에서 힘을 유지하려는 일부 정보기관원과 검찰. 이들의 빚어내는 음모와 배신의 세계는 무간지옥과 다름없다.

언젠가 읽은 글에서는 우리 모두가 '~답게'를 지키며 살자고 강조했다. 정치인은 정치인답게, 기업인은 기업인답게, 검찰은 검찰답게, 정보기관은 정보기관답게……. 다들 그렇게 살아주면 좀 좋으련만 지도층의 대부분이 중심을 잃고 돌아가는 어지러운 세상이다.

그들은 그렇다 해도 우리 각자는 우리의 소중한 삶을 어떻게든 꾸려가야 한다. 나아갈 목표와 흔들리지 않는 삶의 가치를 다잡자. 그래야 하나뿐인 우리의 인생을 성공적으로 살 수 있지 않을까.

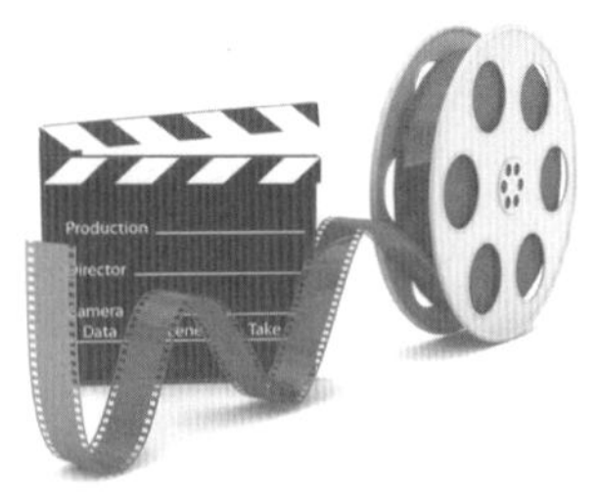

04

사람이 거짓말을 하는 이유

〈라쇼몽〉

#1

대학 시절 자주 찾아가던 시네마테크가 있었다. 그 시네마테크에서는 당시 국내에서 개봉이 안 된 예술영화를 많이 보여줬다. 하지만 필름이 아니라 원어 영화를 그대로 복사한 비디오테이프였다. 그 조악한 테이프를 프로젝트 영사기를 통해 봐야 했던지라 화면에는 비가 오는 경우가 많았다. 구로사와 아키라黑澤明 감독의 영화 〈라쇼몽〉도 그렇게 봤다.

지금이야 세상이 좋아져 훌륭하게 번역된 자막이 찍힌 양호한 화질의 영상을 구해 볼 수 있지만, 당시만 해도 조악한 화질에 인쇄체라고 보기 힘든 영어 자막이 찍힌 화면이었다. 그래도 고전의 반열에 오른 영화의 철학적 힘을 느끼기에는 부족함이 없었다.

＃2

철학자 파스칼Blaise Pascal은 인간사회에 대해 "폭력과 위선과 이기주의를 기초로 하고 있다"고 일갈했다. 영화는 그런 인간사회의 삐뚤어진 이면을 파헤친다. "이 영화는 자신을 실제보다 더 나은 사람으로 보이기 위해 거짓말을 하지 않고는 못 배기는 인간을 그리고 있다." 구로사와 아키라 감독의 설명이다.

그러나 영화는 딱 부러진 결론을 보여주지는 않는다. 구로사와 아키라 감독은 세계가 알아주는 거장이다. 대부분의 인생사를 단정 지어 결론을 내릴 수 없다는 사실을 그도 모를 리가 없다. 〈라쇼몽〉은 보는 이의 시각에 따라 같은 사실이라도 다르게 보일 수 있다는 것을 이야기한다. 이런 전개 형식은 나중에 많은 영화들이 따라 하게 된다. 이 영화가 고전이라 불리는 데는 다 그만한 이유가 있는 법이다. 영화 줄거리는 단순하면서도 복잡하다. 분명한 것은 산적이 사무라이의 아내를 범했고 사무라이가 죽었다는 사실뿐이다. 영화는 이 '살인과 강간'(?) 사건의 재판에서 벌어지는 각 당사자들의 진술에 관한 이야기다.

＃3

산적은 자신이 사무라이를 죽였다고 순순히 시인한다. 하지만 사무라이의 아내는 자신을 순순히 받아들였으며, 그녀의 요구에 따라 정당하고 치열한 결투 끝에 사무라이를 죽였다고 주장한다. 하지만 사무라이 아내의 주장은 또 다르다.

산적에게 겁탈당한 후 남편에게 다시 갔으나 남편의 차가운 눈길을 견디지 못해 죽으려 했으나 죽지도 못했다고 오열한다. 그 대신 남편의 죽음에 대해서는 설명이 그리 명확치 않다. 그런데 무당을 통해 원혼으로 나타난 사무라이의 말은 또 다르다. 아내가 자신을 죽이고 함께 달아나자고 산적에게 제의했다는 것.

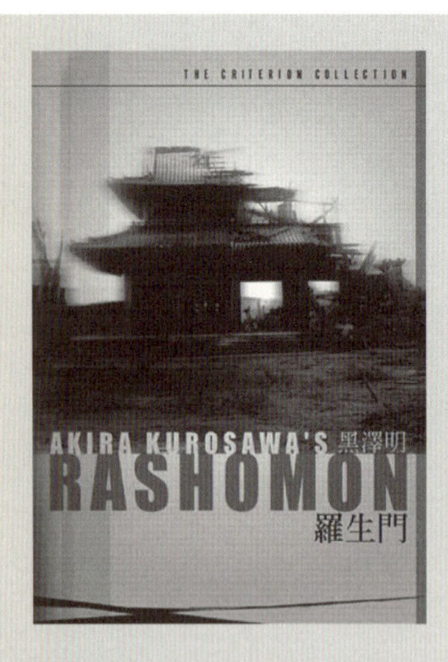

〈라쇼몽羅生門〉

감독 구로사와 아키라

주연 미후네 도시로, 교 마치코

제작 연도 1950년

러닝 타임 90분

산적은 그런 아내에게 정이 떨어져 포박했던 사무라이를 풀어줬고, 그 와중에 아내는 도망쳤으며, 아내의 태도에 인생에 대한 허무함을 느껴 사무라이는 자결했다는 이야기였다. 정말 누구의 말이 맞는지 도무지 알 수가 없다. 그런데 사건에는 목격자인 나무꾼이 있었다.

나무꾼이 본 상황은 이랬다. 아내는 사무라이와 산적에게 둘이 결투를 벌여 이긴 사람이 자신을 차지하라고 제의했다. 사무라이는 아내가 그럴 만한 가치가 없다고 거절하지만, 우여곡절 끝에 둘은 싸움을 벌이게 된다. 하지만 겁에 질려 싸움을 벌이다 우연히 사무라이가 죽게 되었다. 그렇다면 목격자 나무꾼의 진술은 과연 객관적인 진실일까.

(그래도 혹시 이 글을 보고 영화를 보겠다고 찾으실 분이 있을지도 몰라 나무꾼의 이야기에 관한 좀 더 자세한 설명은 생략한다. 또 앞에서도 이야기했

영화, 나의 멘토가 되다

지만 이 영화는 명확한 결론을 던져주지도 않는다. 이 영화에서 해답은 관객의 몫이다.)

＃4

인간은 자신에 대해 정직해지기가 힘들다. 모든 사실을 자신의 필요에 따라, 아니면 자신의 약점을 감추기 위한 목적으로 바라본다. 인간은 그렇게 이기적인 존재다. 그래서 동서고금의 많은 현자들이 진실의 본질에 다가가기 위해 그렇게도 애를 썼나 보다. 또 우리는 세상일에 대해 '장님 코끼리 만지듯' 알고 있으면서 마치 모든 진실을 알고 있다고 착각하기도 한다. 순전히 자기의 필요에 따라, 자기가 알고 있는 부분만으로 세상과 세상 사람들을 재단한다.

개인의 인격적인 완성이나 사회적 성공을 위해서도 가장 먼저 버려야 할 것은 바로 '이기심'이 아닐까 싶다. 오직 '나만을 위한' 마음이라면 어떤 것도 제대로 볼 수 없다. 어떤 일이든 제대로 볼 수 없다면 제대로 잘 해내는 것도 당연히 어려워진다. 사회심리학자 에리히 프롬 Erich Fromm은 "이기적인 사람은 남을 위할 줄도 모를뿐더러 자기 자신도 위하지 못한다"고 지적했다. 사실 잘못된 이기심의 본질은 자신을 위하는 마음이라기보다는 남들이 잘되는 게 싫은 '뺄셈'의 마음이다. 시기하는 마음으로 다른 이에게서 덜어낸다고 해서 내게로 보태지는 것은 결코 아닌데 말이다.

기왕 한 번 사는 인생이라면 뭐든 남기는 쪽으로 생각하며 살아가는 것이 어떨까. 좋은 것만 생각하고, 좋은 것만 보고, 좋은 것만 행하며

177

남기는 것이다. 자신을 진정으로 사랑하는 '참된 이기심'(?)이라면 그리 나쁠 것도 없다. 오히려 세상을 아름답게 만드는 데 도움이 될 수도 있다. 진정으로 자신을 사랑하게 된다면 자연스레 다른 이들도 사랑하게 될 테니까. 정말 제대로 자신과의 사랑에 빠져보자. 남들이 모두 내가 원하는 대로 살길 바라는 부질없는 이기심은 저 멀리 던져두고서.

영화, 나의 멘토가 되다

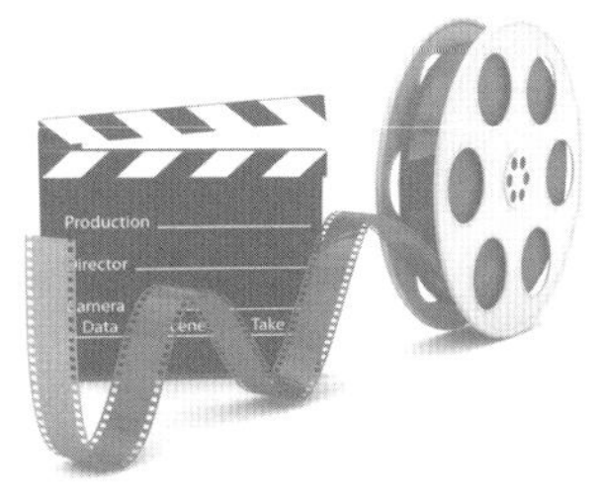

05

계백 장군과 '거시기'

〈황산벌〉

#1

역사는 늘 영웅들의 차지였다. 그럼에도 실제 역사의 전개에서 영웅은 비극적 존재이기도 했다. 최소한 '해피엔딩'은 아니었단 얘기다. 할리우드 영화가 이상하게 물을 흐려놓기 전까지는 진짜 그랬다.

알렉산더, 시저, 항우, 나폴레옹 등등. 많은 역사 속 영웅들이 불운하게 끝을 맺었다. 엄청난 무용과 지략에도 결국 뜻을 이루지 못하거나, 불운하게 젊은 나이에 죽어가는 안타까움은 후세 문학가들에게 멋진 소재가 되었다. 뛰어난 상상력으로 실제보다 더 멋지게 포장되었을지도 모를 일이다. 또 영웅을 예찬하는 부류와는 달리, 영웅들의 멋있는 척에 대놓고 딴죽을 거는 쪽도 많았다. 셰익스피어도 그중 하나였다. 희곡 『트로일러스와 크레시다』를 통해 호메로스Homeros가 『일리아드』

179
•

에서 멋지게 묘사해놓은 트로이 전쟁의 영웅들을 완전히 망가지게 했다. 이런 식이다. 전쟁 영웅으로 알려진 아킬레우스는 트로이의 헥토르와 싸우다 당해내지 못할 것을 알아챈다. 그래서 잠시 쉬는 틈을 이용해 뒤에서 헥토르를 찔러 이긴다. 셰익스피어 선생은 이긴 자에게 영웅의 자리까지 오롯이 내주고 싶지는 않았나보다.

또 다르게 생각해보자. 어찌 보면 ‘영웅 = 비극’이라는 이 등식에는 사실 보통 사람들의 건강한 시기심이 들어 있다. 무슨 소리인고 하니, 한 시대의 영웅이란 속된 말로 정말 ‘폼 나는’ 존재다. 그런 데다 ‘잘 먹고 잘 살았다’로 끝나기까지 하면 보통 사람들은 무슨 낙으로 인생을 살란 말인가. 좀 비극적인 면도 있어야 하지 않나. 역시 신과 세상의 이치는 공평하다.

사실 한 사람이 영웅 노릇을 하기 위해서는 많은 보통 사람들의 희생이 요구된다. 어떤 놈이 한 번 영웅 대접을 받기 위해 도대체 얼마나 많은 인간들이 죽어야 하나. 본인의 의지와는 전혀 상관없이 말이다.

그 보통 사람들은 남한테 해코지 한 번 한 적이 없다. 사실 그럴 생각조차도 없다. 그저 주어진 대로 열심히 살 뿐이다. 그런데도 ‘이리 가라, 저리 가라’, ‘이놈 죽여라, 저놈 죽여라’ 하고 영웅들은 난리다.

#2

영화 〈황산벌〉은 그런 보통 사람들을 위한 영화다. 영웅에 대한 보통 사람들의 콤플렉스에 조금은 위안을 준다.

조금 거창하게 말하면 ‘반反영웅주의’ 영화에 가깝다. 그렇다고 폼 잡

영화, 나의 멘토가 되다

고 잘난 척하지도 않는다. 코미디 장르를 선택했으니 당연한 것이기도 하다.

〈황산벌〉은 꽤 괜찮은 미덕을 하나 갖고 있는데, 과거 한국영화가 갖고 있던 고질병에서 상당 부분 탈피했다는 점이다. 어떤 무거운 주제를 얘기하려면 꼭 어깨에 힘이 들어가는 고질병 말이다. 아니면 아예 대놓고 막 나가거나.

'반영웅주의'라는 무거운 주제의식에도 이야기가 꽤 유쾌하게 전개된다. 양념 덕분이다. 연극적 장치와 조연들의 호연, 질퍽한 사투리와 일부 멋진 대사들이 꽤 맛깔스러워 극의 전개가 다소 어설픈 부분을 상당 부분 보완해준다.

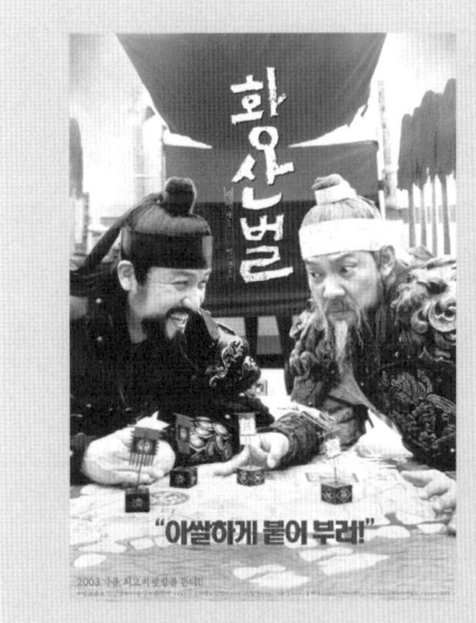

〈**황산벌**〉

감독 이준익

주연 박중훈, 정진영, 이문식

제작 연도 2003년

러닝 타임 104분

얘기가 조금 옆으로 샜다. 영화 내용으로 들어가보자. 모두들 알다시피 계백은 불행한 최후를 맞는다. 후회 없이 싸우기 위해, 만약 졌을 때 남겨진 가솔들이 당할 치욕을 피하기 위해, 아내와 자식들을 모두 제 손으로 죽인다. 대의명분이 있다지만 그만의 아픔을 누군들 알아줄까.

영화 속에서 계백은 "호랑이는 죽어서 가죽을 남기고, 사람은 죽어서 이름을 남긴다"며 자신의 행위를 정당화한다. 하지만 아내는 이렇

181

게 항변한다. "인간아, 호랑이는 가죽 때문에 죽고 사람은 이름 때문에 죽는 것이여."

영화에는 계백과 정면으로 대비되는 인물이 나온다. '거시기'. 연기파 배우 이문식이 연기했다. 거시기라……. 변변한 이름조차 없다. 거시기는 싸우라면 싸우고, 욕하라면 욕하는 정말 힘없는 민초다. 신라군에 의해 백제군이 전멸당할 처지에 놓이자, 계백은 자신이 탈출하는 대신 거시기를 살려 보낸다.

계백은 영웅으로서 장렬한 최후를 맞이한다. 나라를 구해보자고 처자식까지 다 죽였는데, 지는 마당에 살아서 뭐하겠나. 역사에 영원히 이름이 남을지는 모르지만 그 회한은 저승까지도 남을 것 같다. 불쌍한 계백. 이래서 영웅은 슬프고 고독하다.

그렇게 살아 나간 거시기는 들판에서 일하고 있는 어머니와 반갑게 해후한다. 이름도 없는 거시기는 여전히 어머니를 모시고 장가도 가고 아들딸도 낳고 하며 앞으로 행복하게 살아갈 것 같은 분위기다. 그 장면에서 감정이입이 되며 조금은 위안이 된다.

＃3

사람은 기본적으로 세 가지에 대한 욕심이 있다. 돈, 권력, 명예가 바로 그것이다. 그중에서도 특히 권력과 명예를 갖기 위해서는 좀 더 많은 희생이 필요하다. 그나마 돈은 나머지 두 가지보다는 개인의 행복에 쓰일 가능성이 높은 편이다.

권력과 명예는 항상 명분과 이데올로기를 필요로 한다. 그런데 충성,

정의, 예술혼과 같은 대의는 대부분 상식적인 개념의 행복과는 정면으로 배치되는 경우가 많다. 권력과 명예는 보통 사람의 행복을 갉아먹으며, 그 행복을 자양분으로 키워지는 물건이다.

그러니 알려지지 않은 '무명씨'라고 해서, 권력이나 명예 같은 것이 없다고 해서 슬퍼하거나 노하지 말자. 적어도 신은 공평하다. 권력과 명예를 가진 사람들보다는 보통 사람인 우리가 행복하게 살 확률이 훨씬 더 높다. 또 세상 모든 악의 이면에는 권력이나 명예에 대한 '허영심'이 자리 잡고 있기도 하다.

역사에 이름을 남길 정도로 명예를 얻고 싶은가. 수천, 수만을 좌지우지할 권력을 얻고 싶은가. 그렇게 남과 다른 삶을 살고 싶은가. 다 부질없다. 흔히 말하듯 실제로도 '남들처럼'이나 '평범하게' 살아가는 것이 훨씬 더 어렵기도 하다.

사랑하는 사람들과 그저 착하게, 평범하게 그리고 행복하게 살도록 노력하자. 그것이 바로 선하고 참되게 살아가는 길이다. 비록 역사에는 영웅들의 이름이 쓰일지 몰라도, 그 역사를 선하고 착하고 예쁘게 만드는 것은 바로 우리 같은 보통 사람들이다.

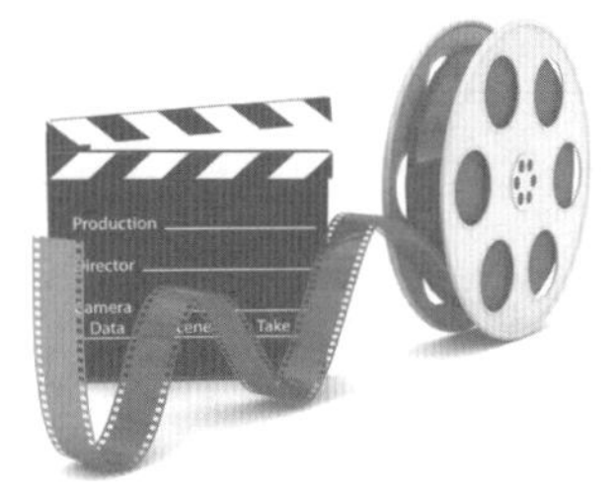

06

갑자기 라면이 너무 먹고 싶어져서……

〈포스트맨 블루스〉

#1

사람들 대부분은 하루하루 현실에 매여 살아간다. 물론 그 이유는 각자가 모두 다르다. 가족들에 대한 책임감일 수도 있고, 동물적인 본능일 수도 있고, 한계를 절감해 어쩔 수 없는 경우도 있다.

그러면서 우리들은 자신도 모르게 어느 순간부터 꿈을 잃어버리고 살아간다. 그렇게 꿈을 잃고 살아가다 보면 자신이 처한 현실에 대해 점점 기쁘지도 감사하지도 않게 된다. 묘한 삶의 아이러니다. 인생은 정말 뜻대로 되는 것이 별로 없다. 그렇다고 영 이상한 쪽으로 흘러가 버리는 것도 아니다.

오 헨리O. Henry의 단편 가운데 「경찰관과 노숙자」라는 작품이 있다. 뉴욕의 노숙자인 주인공은 겨울이 되어 노숙하기 힘들어지자 가벼운 범죄를 저질러 숙식이 해결되는 교도소에 들어가려고 한다. 하하, 그런데 그게 글쎄 마음대로 되지 않는다.

일부러 지나가는 여자들을 희롱해도, 창문을 깨도, 물건을 훔쳐도 도무지 체포되지 않는다. 풀이 죽은 주인공. 그러다 우연히 교회에서 퍼져 나오는 찬송가 소리를 듣는다. 비로소 주인공은 타락해버린 지금 자신의 모습을 깨닫고 앞으로 열심히 살아보겠다는 삶의 희망을 품는다.

바로 그 순간, 경찰관이 나타나 주인공을 부랑자라는 이유로 체포한다. 이런……. '마음 좀 잡고 살아보겠다'는데 참 안 도와준다. 결국 원래 의도했던 목표는 달성하게 된 셈이지만. 하지만 훗날 주인공이 다시 세상에 나왔을 때 그 세상은 이전과는 많이 다른 모습으로 그에게 다가오지 않을까.

♯2

몇 년 전이다. 영화에 젖은 기분으로 친구와 밤새 술을 마신 적이 있다. 〈시네마 천국〉의 디렉터스 컷director's cut(감독판 편집본)을 보고 나서였다. 거기엔 주인공 토토의 못다 이룬 애절한 사랑의 안타까움이 묻어 나온다. 내게도 아린 사랑의 흔적이 어찌 없었겠나. 하긴 그런 식의 감정이입은 영화가 주는 큰 즐거움 가운데 하나이기도 하다.

그런 기분은 아니지만 술 마시고 싶은 기분이 들도록 한 영화가 하나 더 있다. 그 영화의 라스트 신last scene에서는 찡한 마음에 눈물도 한 방울 흘렀다. 코미디 영화인데 말이다. 흥행에 크게 성공한 것도 아니라서 잘 알려지진 않았지만 인생에 관해 다시 한 번 생각하게 만들어준

영화 〈포스트맨 블루스〉. 영화에는 잘난 것 없는 소시민들의 작지만 소중한 삶과 꿈, 사랑이 담겨 있다.

영화에는 주인공인 우체부 사와키를 비롯해, 불치병을 앓고 있는 사요코와 역시 시한부 인생인 킬러 조, 그리고 서른이 넘어서도 야쿠자를 꿈꾸는 사와키의 친구 노구치가 주요 등장인물로 나온다. 이 가운데 기억에 남는 것은 단연코 마지막 장면에서 눈물 흘리게 만드는 사요코다.

그녀는 외롭다. 의지할 곳도 연락할 이도 없다. 그래도 늘 받는 사람이 없는 편지를 쓴다. 그녀는 말기 암환자이면서도 삶의 희망을 잃지 않는다. 그녀의 편지를 보고 찾아온 사와키에게 그녀는 이렇게 말한다.

"병에 걸린 것을 알았을 때 죽으려고 옥상에 올라갔어요. 그런데 갑자기 라면이 너무 먹고 싶어져서 라면집에 달려가 두 그릇이나 먹었어요. 살아 있으면 뭔가를 해요. 오늘이 중요해요. 어떻게 될지 모르는 내일의 약속 따위는 하지 않아요."

그런 식으로 그녀는 얼마 남지 않은 삶의 한쪽에 충실하게 임한다.

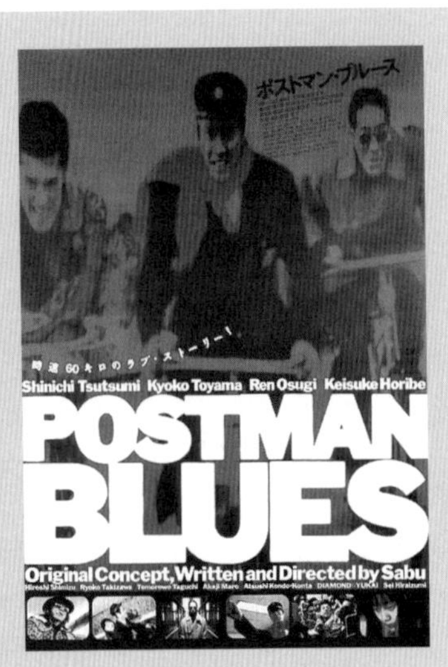

〈포스트맨 블루스Postman Blues〉

감독 다나카 히로유키

주연 쓰쓰미 신이치, 호리베 게이스케,
오스기 렌, 다구치 도모로오

제작 연도 1997년

러닝 타임 111분

어쩌면 희망이 없기에 오늘이 더 소중한 것인지도, 그래서 미래를 더 소중히 여기며 기대하는 것인지도 모르겠다. 사와키는 그런 시한부 인생의 그녀에게 약속할 내일을 만들어주고 싶어 한다. 매일 반복되는 일상에 지쳐가던 그에게 그녀는 새로운 삶의 활력이 된다. 그렇게 그녀를 알게 된 것은 사와키의 일탈 때문이었다.

배달해야 할 편지를 아무렇게나 집에 펼쳐놓고, 술을 마시며 닥치는 대로 남의 편지를 함부로 읽다가 사요코의 수신인 없는 편지를 발견하게 된 것. 성실했지만 행복하지 못했던 사와키는 한 번의 일탈로 인생의 새로운 의미와 행복을 찾는다. 정작 자신의 내일은 없으면서도 그녀의 새로운 내일을 위해 달리고 또 달린다. 아, 삶은 이런 아이러니의 연속이 아닐까.

＃3

사와키는 사요코를 만나러 병원으로 갔다가 역시 시한부 인생을 살고 있는 킬러 조를 만난다. 그는 ‘세계 킬러 대회’의 출전권이 걸린 ‘킹 오브 더 킬러’ 대회의 합격 통보서를 기다리고 있다. 나이 들고 병들어 눈조차 잘 보이지 않지만, 그는 킬러로서의 자부심과 인정받고 싶은 욕망을 결코 포기하지 않는다.

노구치는 서른이 넘어서도 멋진 야쿠자를 꿈꾸는 일면 철없어 보이는 친구다. 하지만 그는 사뭇 진지하다. 친구 사와키에게 이렇게 말한다. “서른이 넘어서 마음 설레긴 쉽지 않아. 난 뒷골목에서 이름을 남기고 싶어.” 하지만 현실의 야쿠자는 그렇게 멋있지도 않을뿐더러, 그는 그런 가운데서도 삼류일 뿐이다.

하지만 그 누가 이들을 비웃을 수 있을까. 누구의 꿈이든, 어떤 종류의 꿈이든 감히 남의 꿈을 무시할 수는 없다. 각자에게 그들만의 꿈은 세상 그 무엇보다 소중하다. 그 꿈들은 지금 살아가는 세상에서 강력한 삶의 에너지가 되어주기 때문이다.

오히려 불쌍한 것은 영화 속에 등장하는 경찰들이다. 주인공 사와키를 멋대로 오해하고, 그에 꿰맞춰서 사와키를 토막살인범에 마약밀매범에 정신이상자로 취급한다. 자신들이 믿고 싶은 대로, 자신들이 경험한 틀에서만 살아가는 어이없는 사람들이다.

경찰들은 사와키보다도, 사요코보다도, 킬러 조보다도, 노구치보다도 더 큰 힘을 가지고 있어서 다른 뭔가를 제대로 볼 줄 모르는 심한 장애가 있다. 그런데도 사와키를 한심한 우체부라, 사요코를 의지할 곳 없는 불쌍한 처녀라, 조와 노구치를 한심한 인생이라 욕할 것인가.

인생이 마음대로 되진 않는다. 마음대로 되면 그야말로 신의 경지다. 그래서 우리의 꿈은 더 소중해진다. 마음대로 될 수 없지만, 그 비슷한 쪽으로 가볼 수도 있는 것. 우리에게 꿈이란 그런 것이 아닐까. "꿈을 가질 것, 끊임없이 도전할 것, 어떤 일이 있어도 그 꿈을 단념하지 말 것." 혼다의 창업자인 혼다 소이치로本田宗一郎가 남긴 말이다.

사족. 가슴을 찡하게 만드는 엔딩 장면은 혹시나 이 영화를 보고 싶어 하는 분들을 위해 뺐다. 궁금하시면 가까운 DVD 가게에 가서 열심히 뒤져보시길. 고생해서 찾다보면 구석에서 먼지가 쌓인 채 아무렇게나 놓인 것을 발견하게 될지도.

영화, 나의 멘토가 되다

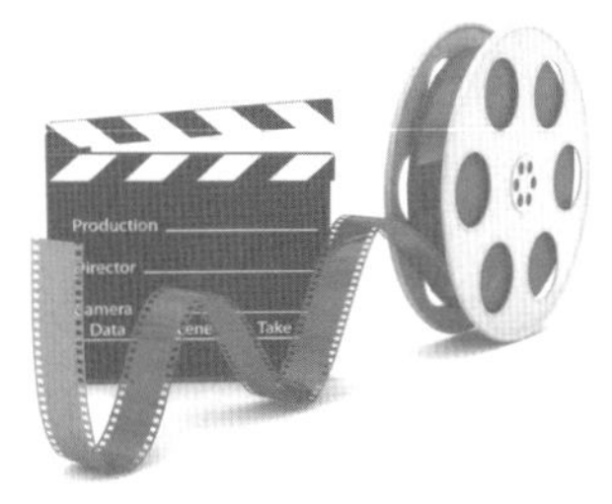

07

지금 난 어떤 삶을 살고 있나

〈생활의 발견〉

\#1

평론가들의 말을 빌리면 홍상수 감독은 '한국영화의 리얼리즘에 관한 교과서를 새로 쓰게 한 사람'이다. 하지만 이런 전문가들의 평에 괜히 겁을 집어먹을 필요는 없겠다. 홍상수 감독의 영화가 이해가 안 될 정도로 난해하다고 할 만한 것은 아니니까. 하지만 보는 사람을 다소 불편하게 하는 것은 사실이다. 영화가 말 그대로 너무 '사실적'이어서다. 영화 〈생활의 발견〉도 마찬가지다.

왜 그런 우스갯소리 있지 않나. 주위 사람이 자신의 시시콜콜한 부분까지 다 알고 있으면 "죽어줘야겠어, 너무 많은 걸 알고 있군"이라는 농담 말이다. 영화는 정말 그런 기분이 들게 한다. 마치 내게 일어났던 일을 다 알고 있는 것처럼 감독은 우리들의 일상에 생생하고 건조한 카

메라를 들이댄다. 생활의 발견이라……. 왜 그런 제목을 붙였을까. 뭘 발견한다는 소린지……. 영화를 다 보고 나서 나만의 답을 찾았다.

＃2

감독이 생활에서 발견해낸 것은 '인생이 자기 맘대로 안 된다'라는 명제가 아닐까 싶다. 영화 속 주인공 경수는 세상이 제 맘대로 안 되는 것을 알아낸 것이다. "그걸 모르는 사람이 어딨어"라고 반문하는 사람도 있겠다. 하지만 그런 사실을 모르는 사람들이 의외로 많은 것 같다. 머리로 모른다는 얘기가 아니라, 가슴으로 못 느낀다는 얘기다.

꽤 알려진 연극배우 경수는 춘천에 사는 선배에게 놀러 간다. 처음으로 출연한 영화가 망한 후, 100만 원 정도의 출연료를 억지로 영화사에서 받아 들고서. 거기서 선배가 마음속으로 좋아하던 무용강사 명숙과 눈이 맞아 '원 나이트 스탠드'를 즐긴다. 무용강사는 경수에게 사랑한다고 말해달라지만 경수는 내키지 않아 사랑한다는 말을 하지 않는다.

경수는 춘천에서 경주로 여행을 떠난다. 그는 기차 안에서 유부녀 선영을 만난다. 선영이 경수에게 말해주기 전까지 경수는 기억하지 못했지만 그녀는 어렸을 적 경수가 불량배에게서 구해준 사람이었다. 경수는 그녀에게 호감을 느껴 경주에서 그녀를 따라가 집을 찾아낸다. 그녀는 나이 차이가 많이 나는 국립대학교 교수와 결혼을 했다. 그녀는 주말부부다. 경수는 그녀를 불러내고 육체관계를 포함한 밀회를 즐긴다. 경주에서 지내는 며칠 동안 둘 사이의 감정은 좀 더 복잡해진다. 단순히 사랑이 깊어졌다고 하기에는 좀 그런 이상한 분위기다.

그런 경험이 없어서 이해는 되지 않지만 경수와 선영 같은 관계도 있을 법하다는 생각이 든다. 어쨌건 경수는 점점 그녀에게 빠져든다. 그러나 선영은 그녀를 둘러싼 현실에서 빠져나오려 하지 않는다. 경수와 같이 간 점집에서도 남편이 크게 될 거라는 점괘에 입을 다물지 못한다(여기서 잠깐. 선영이 경수와 바람을 피우는 동안 그녀의 남편은 춘천에서 묘령의 여자와 밀회를 즐긴다. 남편은 경수가 춘천에서 무용강사와 뱃놀이를 할 때 경수에게 담뱃불을 빌린다. 조금만 눈썰미가 있으면 알아챌 수 있다. 대개 세상일은 다 그렇게 얽혀 있다).

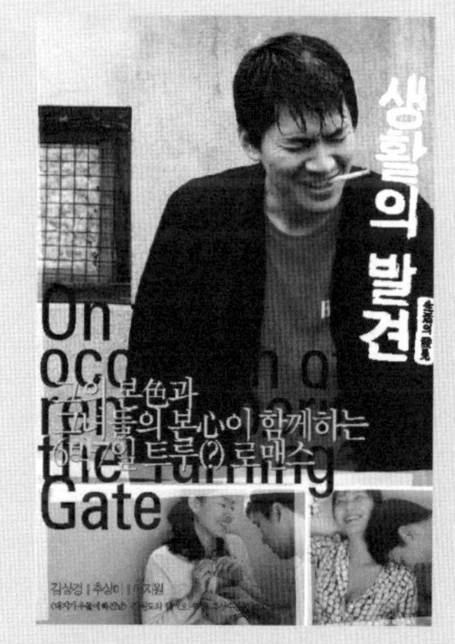

〈생활의 발견〉

감독 홍상수

주연 김상경, 추상미, 예지원

제작 연도 2002년

러닝 타임 115분

#3

연애를 포함해 세상일 가운데 자기 마음대로 되는 것은 별로 없다. 인생이 원래 그런 것 같다. 그런 생각이 든다. 삶이 내 마음대로 안 된다는 것을 가슴으로 뼈저리게 느끼게 된다면 과연 그때 난 어떤 식으로 행동하게 될까. 막살게 될까. 그래도 발버둥치며 좀 더 나아지기 위해 노력하게 될까.

과연 지금의 나는 어떤 종류의 삶을 살고 있는 걸까. 그때그때 느끼

제4부 | 한 번뿐인 인생, 어떻게 살아갈까

는 감정에 충실한 명숙 같은 삶일까. 주어지는 상황에 무기력하게 순응하는 경수 같은 인생일까. 아니면 현실에 그다지 만족하지 못하면서도 그것이 주는 달콤함을 채 버리지 못하는 선영이 나의 모습은 아닐까. 앞으로 내게 주어진 삶 속에서 도대체 어떤 것을 발견해가야 하는걸까.

영화, 나의 멘토가 되다

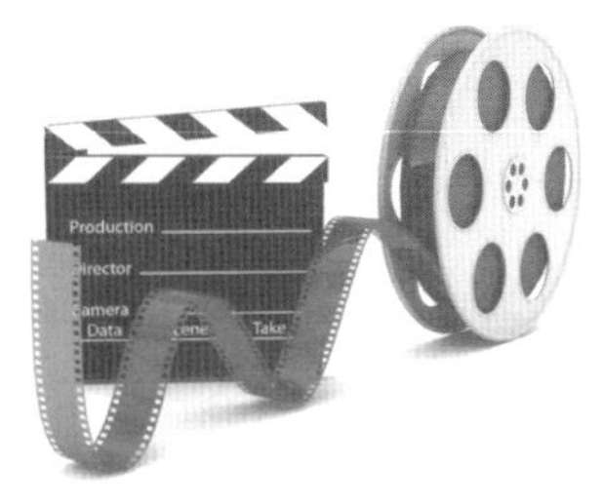

08

돈을 가장 기분 좋게 쓰는 법

〈스윙 걸즈〉

#1

십 대 소녀들을 볼 때면 항상 기분이 좋아진다. 아! 이상한 오해는 마시라. 음흉하게 '원조교제' 같은 것을 바라는 아저씨의 삐뚤어진 욕망 같은 것은 절대 아니니까. 화분에서 새싹이 막 피어나온 것을 보는 듯한 그런 느낌을 말하는 것이다.

영화 〈스윙 걸즈〉는 파릇한 십 대 소녀들이 주인공인 유쾌한 코미디다. 악기를 불 줄도 모르던 낙제 여고생들이 우연히 스윙재즈의 세계에 빠져든다는 이야기다. 다소 과장된 등장인물이 나오는 만화 같은 영화지만, 보고 나면 꽤나 행복한 기분이 든다.

감독 야구치 시노부矢口史靖는 십 대 소년·소녀들의 좌충우돌하는 모습을 재미있게 풀어나가는 데 탁월한 재주가 있다. 그의 전작인 〈워터

193
•

보이즈〉도 재밌다. 남자 고교생들이 여름방학 동안 수중 발레를 연습해 학교 축제에서 공연을 펼친다는 이야기다.

이 대목에서 '만화 같은 영화에 무슨 삶의 지혜가 담겨 있다고 이 설레발이지'라며 의심하는 독자들의 날카로운 눈초리가 느껴진다. 걱정하지 마시라. 공자께서는 "세 사람만 가도 그 가운데 스승이 있다"고 하셨다. 영화 〈스윙 걸즈〉에도 분명 새겨둘 만한 내용이 나온다.

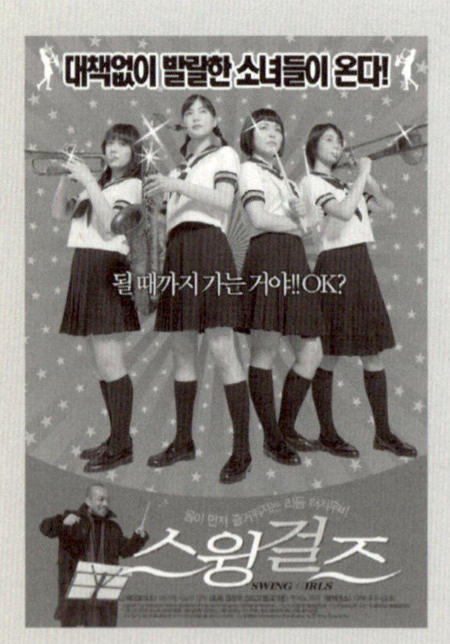

〈스윙 걸즈Swing Girls〉
감독 야구치 시노부
주연 우에노 주리, 히라오카 유타
제작 연도 2004년
러닝 타임 103분

#2

일단 영화 속으로 들어가자. 주인공 도모코를 비롯한 13명의 소녀들은 여름방학 보충수업을 땡땡이치려고 집단 식중독에 걸린 밴드부원들을 대신해 밴드부에 가입한다. 겨우 악기를 다룰 수 있을 즈음, 원래 밴드부원들이 예상보다 빨리(?) 돌아온다. 당연히 이제는 악기를 쓸 수 없다.

도모코는 자신만의 악기가 가지고 싶다. 하지만 고교생이 사기에는 악기가 너무 비싸다. 이에 도모코는 악기 살 돈을 벌려고 대형 마트에서 아르바이트를 하지만 사고를 치고 마트에서 쫓겨난다. 도모코를 따라 덩달아 아르바이트를 했던 친구들은 명품의 유혹에 빠져 아르바이트로 번 돈을 몽땅 써버린다.

하지만 도모코는 좌충우돌 아르바이트 소동을 벌이며 마침내 중고 악기를 마련하는 데 성공한다. 도모코 일당이 어설프나마 멋지게 연주를 하는 모습에, 아르바이트로 번 돈을 명품에 썼던 친구들은 자신들도 악기를 사겠다고 우르르 악기점으로 달려간다.

당연히 그녀들에게도 악기는 비싸다. 안타까워 발을 구르는 소녀들에게 악기점 주인 아주머니가 무심코 던진 말. "너희들, 들고 있는 명품 가방 진짜 아니냐?" 소녀들은 명품 가방을 팔아 악기를 사 들고 도모코 일당의 '스윙 걸즈'에 합류한다.

#3

고대 로마의 정치가 카토Marcus Porcius Cato는 "원하는 것을 사지 말고 필요로 하는 것을 사라. 필요치 않은 물건은 단 한 푼짜리도 비싼 것"이라 했다. 사실 도모코의 동급생들인 십 대 소녀들은 명품의 미적 가치도 잘 모르며, 명품으로 겉모습을 치장할 만한 별다른 사회적 이유도 없다. 그저 멋져 보인다는 유행을 따라간 것뿐이다.

아마도 명품을 들고 다니면 남들에게 근사하게 보일 거라는, 혹은 남들이 다 드는 명품 가방 하나쯤 나도 갖고 싶다는 그런 생각일 게다. 진정한 자신만의 만족보다는 유행을 따르는 허영심에서 비롯된 어설픈 자기 위안일 뿐이다.

평소 우리는 필요 이상으로 남들이 사는 모습에 신경 쓰고 산다. 남들이 하는 것들을 나도 해야 하고, 남들이 먹는 것을 나도 먹어야 한다.

특히 부자들이 쓰는 것을 나도 써야 뒤떨어지지 않는다고 안심한다. 그런데 여기에 정작 내가 원하는, 나만의 삶은 없다.

자신이 번 소중한 돈을 기껏 세상 사람들 따라 하는 데나 쓴다는 것은 너무나 허무하다. (겉모습만으로) 남들에게 뒤처지지 않았다는 자기위안을 과연 진정한 만족이라 부를 수 있을까. 돈은 자신이 원하는 즐거움을 위해, 진정으로 자신이 원하는 것을 위해, 나아가 좀 더 의미 있고 가치 있는 곳에 써야 하지 않을까.

특히 기부는 도덕적인 행위일 뿐만 아니라, 가장 기분 좋게 돈을 쓰는 방법이기도 하다. 남을 위한 기부에서 가장 큰 만족과 기쁨을 얻는 사람은 기부의 수혜자가 아니라 그것을 베푼 당사자이기 때문이다. 그래서 기부는 '가장 바람직한 이기적 행위'이며 '최고로 위대한 소비생활'이기도 하다.

기부는 워런 버핏Warren Buffett처럼 돈 많은 사람들만의 전유물도 아니다. 단돈 천 원, 만 원이라도 형편껏 좋은 마음으로 내면 된다. 누군가 도움을 받는 사람도 좋을 것이고 나도 기쁘다. 누이 좋고 매부 좋고, 꿩 먹고 알 먹고, 도랑 치고 가재 잡는 격이다. 이렇게 돈 써서 기분 좋아지는데 그걸 안 할 이유가 없다.

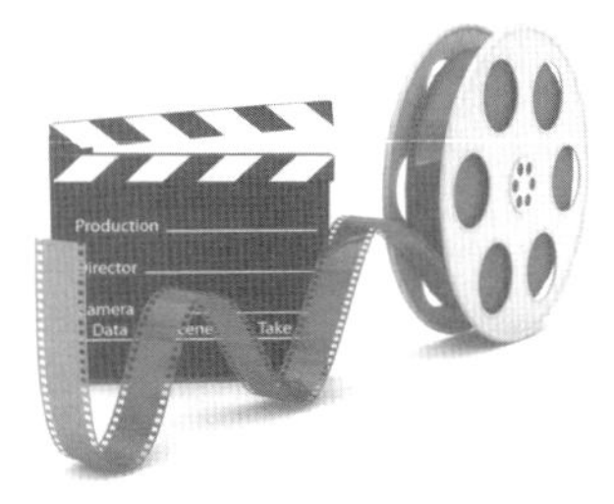

09

난 이겼고, 넌 그걸 뺏어 갈 수 없어

<일급 살인>

#1

케빈 베이컨Kevin Bacon은 할리우드의 대표적인 다작 배우다. 30여 년의 배우 경력이 빚어낸 그의 필모그래피는 모두 세기도 힘들 정도다. 1990년대 이후에만도 20편이 넘는 작품에 출현했다.

오죽하면 수학교수 스티븐 스트로가츠Steven Strogatz가 발표한 '관계의 6단계 법칙'을 응용한 '케빈 베이컨의 법칙' 게임이 생겼을 정도다. 전혀 관계없는 세상 모든 사람들이 6단계 이내에서 모두 연결되는 것처럼, 모든 할리우드 배우나 감독은 케빈 베이컨과 6단계 이내에서 연결된다는 흥미 있는 이야기 말이다.

케빈 베이컨의 그 많은 출연작 가운데 개인적으로는 <일급 살인>을 으뜸으로 꼽고 싶다. 그는 이미 연기력을 공인받은 배우였지만 <일급

제4부 | 한 번뿐인 인생, 어떻게 살아갈까

살인〉에서 특히 뛰어난 연기를 선보였다.

＃2

〈일급 살인〉은 거대한 국가권력에 맞서 인권을 지키기 위해 싸우는 과정을 그린 법정 드라마다.

케빈 베이컨이 연기한 주인공 헨리 영은 동생을 위해 푼돈을 훔치다 앨커트래즈 감옥에 갇힌다. 동생이 걱정된 헨리는 탈출을 감행하다 잡히고 만다.

그런 과정에서 헨리는 글렌 부소장(게리 올드만)의 잔혹한 학대를 받는다. 독방에서 풀려난 헨리는 자신을 고발한 죄수를 발견하고 학대로 인한 극심한 분노와 착란에 가까운 스트레스 속에서 그 죄수를 살해한다.

헨리는 다시 일급 살인죄로 기소되고, 젊은 변호사 제임스 스탬필(크리스천 슬레이터)이 변호를 맡는다. 엄청난 고문과 학대에 삶의 의욕을 상실한 헨리. 만약 일급 살인죄가 아닌 스트레스로 인한 우발적인 살인죄라면 그는 다시 앨커트래즈로 돌아가야 한다.

지옥보다 싫은 글렌 부소장의 학대를 다시 맛봐야 하는 헨리에게 변호사는 귀찮은 존재일 뿐이다. 그러나 변호사 스탬필의 순수한 열정과 우정은 헨리가 인간다운 삶이 무엇인지 깨닫도록 도와준다. 폭력에 굴복하던 육신의 나약함에서 벗어나 당당한 한 인간으로서 존엄을 되찾는다.

영화, 나의 멘토가 되다

＃3

빌 게이츠Bill Gates는 어느 고등학교를 방문해 선배로서 사회생활을 갓 시작하는 학생들에게 현실적인 조언을 한 바 있다. "네 자신이 세상에 대해 어떻게 생각하든 세상은 크게 상관하지 않는다. 세상은 네가 스스로 만족하다 느끼기 전에 뭔가를 성취해 보여줄 것을 기다리고 있다."

많은 이들은 인생이 공평하지 못하다고 불평한다. 하지만 삶과 세상은 원래 그런 것이다. 아무도 자신을 보호해주지 않으며, 종종 힘센 자들의 부당한 횡포와 폭력에 맞닥뜨리기도 한다. 그건 매우 고통스럽다. 나약한 자신의 힘으로는 도저히 벗어나 이겨낼 수 없을 것 같아 보인다.

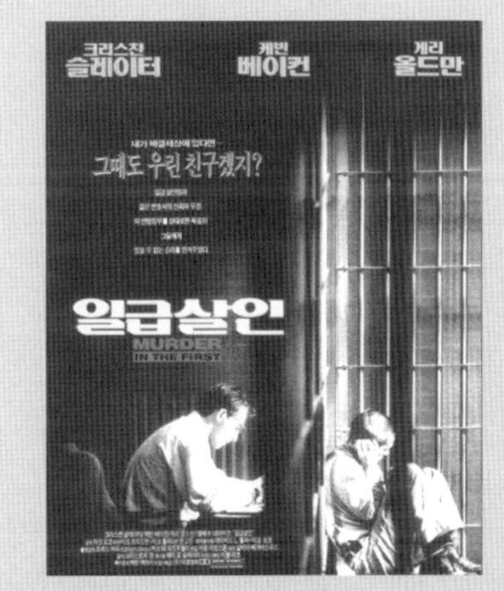

〈일급 살인Murder In The First〉
감독 마크 로코
주연 크리스천 슬레이터, 케빈 베이컨, 게리 올드만
제작 연도 1995년
러닝 타임 124분

그러는 가운데 사람들은 서서히 죽어간다. 천천히 가열하는 솥에서 개구리가 자신도 모르게 삶아지듯 말이다. 살아도 살아 있지 않은, 자신의 삶을 개척하지 못하고 어쩔 수 없이 운명에 밀려 삶을 근근이 연명해나갈 뿐이다. 아니면 극단적인 포기로 치닫거나.

헨리 영도 그랬다. 처음엔 글렌 부소장의 학대에 진저리가 나서 일급 살인죄를 순순히 인정하고 그냥 사형당하고자 했다. 그러나 결국 자

제4부 | 한 번뿐인 인생, 어떻게 살아갈까

신의 존재를 찾기 위해 당당히 맞서 싸워나갔다. 그것이 비록 마이너스까지 뒤로 밀린 인권의 '영점零點'을 제자리로 돌리는 것일 뿐이었을지라도.

우리도 혹시 이런 인생을 살고 있는 것은 아닐까. '먹고살아야 하니까 할 수 없이', '내가 무슨 힘이 있어……. 그냥 참아야지', '좋은 게 좋은 거지, 뭐', '저 사람에게 잘 보여야 길이 보여…….' 내 삶은 이 세상에서 유일한 것이다. 오직 나만의 것이며, 그래서 세상에서 가장 소중하다. 그 삶을 어쩔 수 없다는 핑계와 운명 속에 방치해두지 않았는지 한 번 되돌아보자.

♯4

헨리 영은 일급 살인을 면하고 앨커트래즈로 다시 돌아간다. 싸늘한 냉소로 맞는 글렌 부소장에게 당당하게 외친다. "넌 날 때릴 수도, 독방에 넣을 수도 있다. 네가 원하는 것은 뭐든 할 수 있어. 그건 나에게는 중요치 않아."

그리고 헨리는 결코 잊을 수 없는 명대사를 남겼다. "액션, 난 이겼다. 리액션, 넌 나한테서 그걸 절대로 뺏어 갈 수 없어."

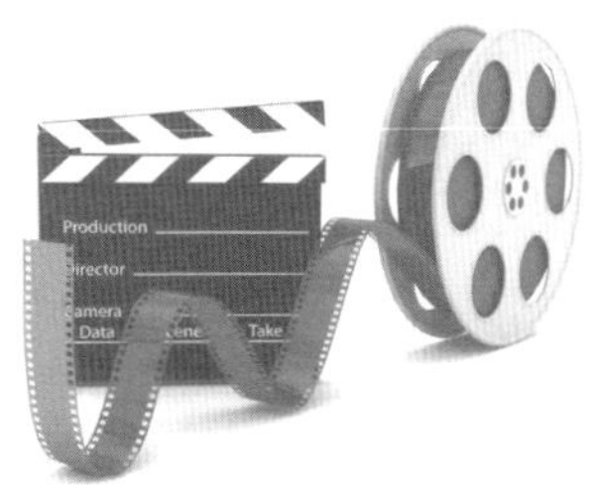

10

버리면 얻어지는 것들

〈밀리언 달러 베이비〉

#1

어린 왕자는 여우에게 물었다. "길들인다는 게 무슨 말이지?" 여우가 대답했다. "모두들 잊고 있는 건데, 관계를 맺는다는 뜻이란다."

"관계를 맺는다고?"

"응, 지금 너는 다른 애들 수만 명과 조금도 다름없는 사내애에 지나지 않아. 그리고 나는 네가 필요 없고. 너는 내가 아쉽지도 않은 거야. 네가 보기엔 나도 다른 수만 마리의 여우와 똑같잖아. 그렇지만 네가 나를 길들이면 우리는 서로 아쉬워질 거야. 내게는 네가 세상에서 하나밖에 없는 존재가 될 것이고. 네게도 내가 이 세상에서 하나밖에 없는 여우가 될 거야."

우리는 매일매일 관계를 맺고 산다. 여우의 말처럼 우리는 주위를 둘러싼 모든 것들에 길들여져 있다. 반대로 길들이기도 하고. 그 속에서 미워하고 싸우거나 아니면 아끼고 사랑한다. 우리가 길들인 것들을 혹은 길들여진 것들을 우리들은 결코 버리지 못한다. 길들이고 길들여졌기 때문이다. 그러면서 애착이 조금 심하면 집착까지도 생긴다.

물론 무엇인가를 이뤄내고 싶어 하는 마음이 없는 인생은 그야말로 '앙꼬 없는 찐빵'이나 마찬가지다. 하지만 종종 그런 마음은 오히려 많은 것들을 잃어버리게 만든다. 돈이나 명예에 대한 애착은 사랑하는 가족을 잃어버리게 만들 수 있고, 권력이나 지위에 대한 집착은 원래 가지고 있던 아름다운 마음에 환칠을 하기도 한다.

그래서 때로는 버릴 줄도 알아야 한다. 아까워하지 말고 버릴 수 있어야 한다. 바로 그 순간 우리는 놀라운 일을 경험하게 된다. 정말 중요한 것을 버리면 또 다른 소중한 것이 새로 생긴다. 영화 〈밀리언 달러 베이비〉 속의 프랭키와 매기처럼 말이다.

#2

클린트 이스트우Clint Eastwood가 연기한 영화 속의 프랭키는 실패한 인생이다. 그가 운영하는 복싱 체육관은 벌이가 그다지 신통치 않다. 또 그의 딸은 그를 버렸다. 프랭키는 일주일에 한 통씩 딸에게 편지를 보내지만 편지는 항상 되돌아온다. 오랜 친구인 퇴역 복서 에디(모건 프리먼Morgan Freeman)만이 그의 곁에 있을 뿐이다(개인적으로 노배우 모건 프리먼을 굉장히 좋아한다. 검버섯이 핀 나이에도 맑은 눈빛과 안정된 저

음을 갖고 있어서다).

프랭키는 자신이 살아온 기억의 테두리 속에서 벗어나지 못한다. 자신이 옳다고 생각하는 규칙 속에서만 살아간다. 트레이너이자 매니저로서 일하는 방식도 마찬가지다. 자신의 방식을 선수가 무조건 따르도록 한다. 그는 선수에게서 질문은 받지 않는다.

그가 가르치는 선수가 할 수 있는 선택은 단 두 가지다. 그에게 복종하느냐 아니면 그를 떠나느냐. 어느 날 매기가 프랭키를 찾아온다. 웨이트리스 생활을 하며 힘들게 복서의 꿈을 키워가는 매기.

하지만 여자는 제자로 받지 않는 것이, 그것도 31살짜리 여자는 받지 않는 것이 프랭키의 규칙이다. 하지만 매기는 너무나 복싱을 좋아한다. 힘든 그의 일상에서 복싱은 살아가는 이유이자 의미다. 그래서 너무나 열심이다.

진심은 통하는 법. 체육관을 관리하는 에디는 더 나은 연습을 위해 프랭키

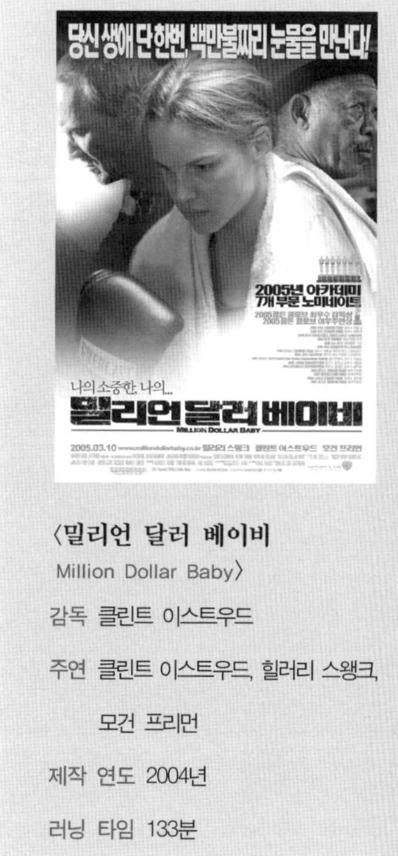

〈밀리언 달러 베이비
Million Dollar Baby〉
감독 클린트 이스트우드
주연 클린트 이스트우드, 힐러리 스웽크,
　　　모건 프리먼
제작 연도 2004년
러닝 타임 133분

가 쓰지 않던 펀칭 볼을 매기에게 준다. 프랭키도 내심 매기의 성실한 태도에 반쯤 넘어간 상태였다. 프랭키는 처음에 펀칭 볼을 도로 뺏으려 했지만 순순히 내주는 매기의 좋은 성격에 그냥 쓰도록 내버려둔다.

매기는 약속한다. "돈을 모아 새것을 살 때까지만 빌릴게요." 어느 날 새로운 펀칭 볼을 치고 있는 매기를 발견한 프랭키. 생일 기념으로 샀다는 설명에 드디어 프랭키의 마음은 녹는다. 결국 매기를 제자로 받아들인다. 매기는 공짜로 얻을 수도 있었던 펀칭 볼을 버리는 대신 스승이자 아버지를 얻었다.

질문하지 말라는 프랭키의 경고에도 매기는 늘 묻는다. 프랭키가 가르쳤던 다른 선수들과는 달리 하라는 대로만 하지 않는다. 이유를 묻고 자기가 이해를 한 후에야 반복 또 반복해 연습한다.

프랭키의 코치방법도 점차 바뀌어간다. '이렇게 해, 저렇게 해' 식이 아니다. "상대는 너보다 젊고 강하다. 어떻게 할 거냐." 매기는 다음 라운드에 KO승으로 질문에 대한 답을 대신한다.

프랭키는 '여자는 받지 않는다', '질문은 받지 않는다'는 자신의 고집을 버렸다. 복싱 트레이너로서 오랜 세월 살아오며 길들여진 습관을 내던졌다. 그 덕분에 그는 진정한 챔피언을 키워낼 수 있었다. 그리고 그를 버린 친딸 대신 새로운 '모쿠슈라Mo Chuisle'를 얻었다. '나의 소중한, 나의 혈육'이라는 의미의 아일랜드 고유어다.

#3

매기는 불우했다. 13살부터 웨이트리스 생활을 해야 했다. 가족들은 차라리 없는 것이 나을 정도다. 체중 160kg으로 놀고먹는 어머니, 교도소를 드나드는 오빠, 정부를 속여 보조금이나 타먹으려는 동생. "우리 집 사람들은 몸무게만큼 말썽을 부려요." 그래도 매기는 가족들에게,

특히 어머니에게 잘한다.

손님이 먹다 남긴 스테이크를 먹으면서도 그녀는 결코 권투선수의 꿈을 포기하지 않는다. 프랭키를 만나 기량이 일취월장하며 연승 가도를 달리면서도 그녀는 글러브를 벗지 않는다.

고지식한 프랭키의 스타일을 잘 아는 에디. 매기에게 우연을 가장해 유능한 매니저를 연결해주려 하지만 매기는 단호히 거절한다. 출세의 욕심을 버린 그녀는 그 대신 어린 시절 이후 잊고 있던 아버지의 따뜻한 정을 얻는다.

프랭키는 매기가 너무나 예쁘다. 비록 그 마음은 포커페이스 속에 감춰두고 있었지만 말이다. 어려운 형편 속에서도 좋은 성격으로 성실하게 연습하는 매기는 연전연승하고, 사람들의 환호 속에서 삶의 기쁨을 찾는다. 그녀는 늘 이기고 싶었고, 이겼다.

하지만 "나 자신부터 보호하라"는 프랭키의 가르침을 잠깐 잊은 순간, 목을 다치는 불의의 사고를 당한다. 그녀는 머리 아래를 전혀 움직일 수 없는 식물인간이 된다. 산소호흡기가 없으면 당장 죽게 되는 신세. 매기의 돈에만 관심이 있는 가족 대신, 프랭키가 그녀를 정성껏 보살핀다.

그런 프랭키에게 매기는 마지막 부탁을 한다. 죽게 해달라고, 산소호흡기를 떼어달라고. 아무에게나 할 수 없는 부탁이었다. 그리고 그것은 이제 움직일 수 없게 되었음을 비관했기 때문이 아니었다.

그녀는 행복했던 순간을 영원히 누리고 싶어 했다. 링은 불우했던 그녀가 유일하게 즐거워했던 곳이었다. 또 세상에서 유일하게 그녀를 아껴줬던 프랭키와 함께한 곳이었다. 그녀는 그런 링의 추억을 영원히 간직하고 싶었다. 매기는 자신의 질긴 생명을 버리는 대신 영원한 행복을 선택하려 했다.

(여기서 잠깐! 안락사는 여러 가지 논란의 소지를 안고 있는 어려운 문제이다. 이 글에서 안락사에 대한 개인적인 견해를 밝히고 싶지 않다. 다만 여기서는 매기의 행복에만 초점을 두고 이야기한다는 점을 말씀드린다. 한 개인의 행복이라는 문제에 언제나 '윤리적'이라는 수식어가 따라다니는 것은 아니다.)

#4

감독 클린트 이스트우드는 배우 시절 〈황야의 무법자〉와 〈더티 해리〉로 이름을 날렸다. 상업영화의 액션 스타. 그러나 감독 이스트우드는 배우 시절 우상화된 마초의 이미지를 철저하게 버렸다.

〈용서받지 못한 자〉처럼 〈밀리언 달러 베이비〉도 무기력한 노년들에 대한 이야기를 다룬다. 영화 속에서 예전에 그가 마초였음을 증명하는 것은 늘 변함없는 포커페이스뿐이다. 하지만 그는 나이가 들어간다는 것의 의미가 무엇인지를 정확히 알고 있다.

오십이 넘어서도 근육질을 포기하지 못하던 아널드 슈워제네거 Arnold Schwarzenegger와는 달리, 그는 무기력함 속에서도 경험과 지혜로 세상을 따뜻한 시선으로 조망한다. 그렇게 그는 그가 오랜 세월에 걸쳐 구축한 이미지를 과감히 버렸다. 대신 미처 느끼지 못하는 사이 어느새 우리 곁에 거장으로 다가와 서 있었다.

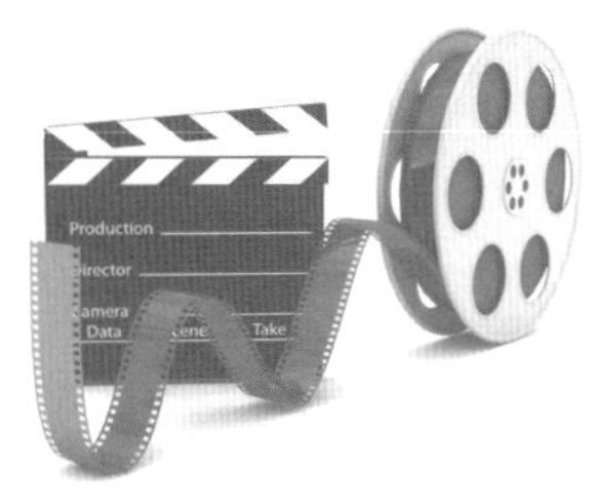

11

오래가는 부자가 되고 싶다면······

〈다크 나이트〉

#1

"인간은 자신의 이익 추구에 대해서는 무한정한 탐욕을 지닌 존재다." 마키아벨리의 말인데 그대로 받아들이기 참 불편하지만 어느 정도는 맞는 말이기도 하다. 자본주의 경제가 번성하는 것만 봐도 그렇다.

사실 인간의 탐욕에 가장 충실한 경제체제가 바로 자본주의 아니던가. "자본주의는 노동의 착취를 이윤으로 바꿔내는 부도덕한 체제"라는 사회주의자 알렉스 캘리니코스Alex Callinicos 교수 같은 이의 비판은 일단 논외로 하자.

시장주의자이자 경영학의 구루guru인 피터 드러커Peter Ferdinand Drucker 조차도 "자본주의는 인간적인 부분을 고려하지 못한다"고 꼬집은 바 있다. 사실 최근 미국에서 촉발된 금융 위기로 인한 신용 붕괴의 원인에도 드러커의 지적처럼 인간적인 부분이 사라진 데 따른 측면이 분명 녹아 있다.

2009년 본격화된 미국의 금융 위기는 첨단 금융공학을 통해 탄생한 파생금융상품에서 출발했다. 이 파생상품의 구조는 이해하기 매우 어려워 보이는데, 단순화시켜서 그 원리를 한번 살펴보자.

경제활동에서 거래되는 대상에는 금이나 석유 곡물 같은 상품과 부동산, 그리고 주식, 채권 등 유가증권 등이 있다. 이 거래 대상을 가지고 선물, 옵션option, 스왑swap 같은 기본적인 파생상품 거래가 만들어진다.

즉, 거래 대상을 미래의 한 시점에 '사거나 팔기로 약속'하고(선물), 그런 약속을 '선택할 수 있는 권리'를 부여하며(옵션), 그 약속과 선택권을 서로의 필요에 따라 바꾸고(스왑), 다시 이 같은 거래들을 '유동화'라는 이름으로 수많은 사람에게 분산시키면서 '최첨단'이라는 미명 아래 복잡해지기 시작하는 것이다.

그러다 보니 내가 책임질 금액이 얼마인지와 거래 상대방이 불분명해지고, 어느덧 내가 신용을 지켜야 하는 대상이 누구인지를 모르게 된다. '내가 약속을 지키지 않으면 상대방이 불행해진다'는 생각이 들면 신용을 지키려 노력할 텐데, 그런 상대방의 명확한 실체가 없는 최첨단 금융거래이다 보니 정작 금융의 기본인 '신용'이 사라지게 되었다. 그 빈자리를 '오로지 상대방이 잃어야 내가 먹는다'는 제로섬 게임의 법칙이 대신한 채 말이다.

인터넷이 자유롭게 지식과 정보를 교환하는 장이면서도 익명이라는 그늘에서 폭력적인 댓글을 낳게 되는 것과 비슷한 이치다. 최근 미국의 경제·금융 위기는 어찌 보면 '(경제활동에 있어) 인간관계의 상실에 따른 신용의 실종' 정도로 정의할 수 있을 것 같다.

＃2

영화 〈다크 나이트〉는 〈배트맨〉 시리즈 가운데 가장 마음에 들었던 작품이다. 이른바 '작가주의 블록버스터'의 완결판을 보는 듯했다. 크리스토퍼 놀런Christopher Nolan 감독의 연출 실력이 그야말로 놀랍다.

그러나 재미있게 영화를 보면서도 마음 한편에서는 내내 불편했다. 영화가 만화를 원작으로 한 비현실적인 '영웅물'임에도 탐욕과 이기심에 물든 세상과 인간의 내면 심리를 사실적으로 그리고 있기 때문이다.

영화 초반, 최강의 악당 조커가 이끄는 강도단이 갱들의 돈이 모이는 은행을 턴다. 강도단 무리는 모두 가면을 쓰고, 서로가 누구인지 전혀 모른다. 오로지 악당 조커가 조직했으며 '같은 목적' 아래 행동한다는 공통점밖에는 없다. 조커는 이 같은 구조에서 강도단 구성원들의 탐욕을 교묘하게 이용한다.

자신에게 돌아가는 몫을 늘리기 위해 제 역할이 끝난 팀원들은 다음 역할을 하는 팀원에게 죽임을 당하도록 되어 있다. 금고 기술자는 금고를 열자마자 돈을 차에 실어내는 팀원에게 살해당하고, 돈을 다 실은 그는 차를 모는 팀원에게 살해당하는 식이다.

조커는 "나도 어려운 판에 남이 잘못되는 것은 어쩔 수 없다"며 자기를 합리화하려는 사람들의 이기심을 범죄에 철저하게 이용한다. 구체

제4부 | 한 번뿐인 인생, 어떻게 살아갈까

적인 내용을 더 이야기하면 스포일러가 될 수 있으니 일단 참는다. 대신 사람들의 이 같은 이기적 심리에 대해 살펴보는 것으로 대신한다.

심리학에 '선택적 지각selective perception'이라는 용어가 있다. 자기 가치관이나 자신에게 유리한 것만 받아들이려는 것을 말한다. 사람들은 자기가 듣고 싶은 것, 보고 싶은 것만 본다는 이야기다. 아, 얘기가 딱딱해져서 안 되겠다. 영화 속에서 하나만 예를 들자. 조커의 사주로 하비 덴트 검사와 그의 애인 레이철을 납치했던 부패 경찰들이 딱 그렇다.

개인적인 사정으로 돈이 필요했던 이 부패경찰들은 납치 이후 상황에 대해서는 생각하지 않고, 돈이 필요했던 자신의 어려운 상황만을 앞세워 변명한다. 천하의 악당이 검사를 납치해서 할 짓이 무엇이겠는가. 그들을 죽이든지 아니면 뭔가 나쁜 일에 이용할 것이 뻔한데도 그들은 그런 사실에는 눈감아 버린다.

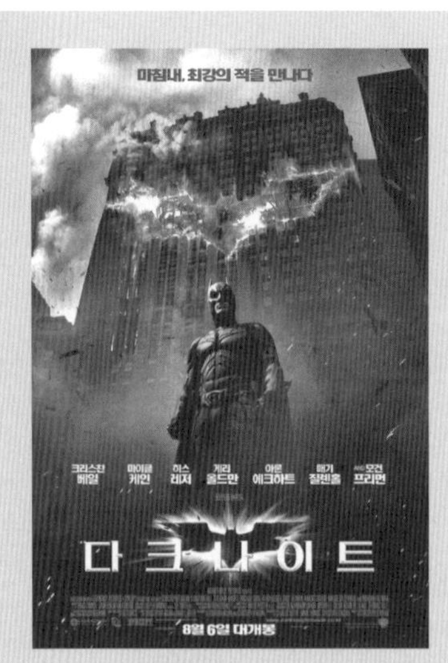

〈다크 나이트The Dark Knight〉

감독 크리스토퍼 놀런

주연 크리스천 베일, 히스 레저, 에런 에크하트, 마이클 케인

제작 연도 2008년

러닝 타임 152분

영화에는 내내 이런 우울한 인간의 이기심이 깔려 있다.

영화, 나의 멘토가 되다

♯ 3

(그 비중이 극히 작지만) 물론 영화에는 인간의 긍정적인 모습도 나온다. 조커는 피난선 두 대에 각각 시한폭탄을 설치하고, 시한폭탄 스위치를 각각의 배에 나눠 준다. 그리고 먼저 누르는 쪽이 살아남게 될 것이라 통보한다.

조커는 두 대의 배 중 한 대는 반드시 폭파될 것이라고 생각하나 그 예상은 빗나간다. 두 배의 승객들이 모두 스위치를 부숴버리거나 배 밖으로 던져버린 것. 이 대목에서 유명한 게임 이론인 '죄수의 딜레마'가 떠오른다.

범죄를 같이 저지른 갑과 을, 두 명의 동료가 잡혀 들어왔다. 둘은 서로 대화하지 못하도록 각각 독방에 갇혔다. 이들의 범죄는 아직 완전히 입증되지 못한 상황이다. 경찰은 갑과 을에게 이런 협상안을 내놓는다.

첫째, 갑이 을의 죄를 증언하고 만약 을이 갑의 죄를 말하지 않는다면 갑은 석방되며 을은 3년형을 받는다.

둘째, 갑과 을이 모두 서로의 죄를 증언하면 둘 다 2년형을 받는다.

셋째, 둘 다 묵비권을 행사하면 두 사람 모두 1년형에 그친다.

물론 최선의 선택은 둘 다 묵비권을 행사하는 것인데, 이는 두 사람 간에 신뢰가 있어야 가능하다. 이런 믿음이 있다고 보기 힘들 경우, 현실적이고 합리적인 선택은 두 사람 다 자백하는 것이다. 믿음이 없는 세상에서는 이기적으로 행동하는 것이 합리적이고 현실적으로 살아가는 방법이다. 그러나 사람 간의 믿음이 없다면 세상은 삭막해지고 위기에 몰려 결국 멸망하게 될 것이다.

자신의 이득을 위해 남을 밟아서는 안 된다. 사람들을 모두 이롭게 하면서 부를 얻어야 오래갈 수 있다. 300년 부를 이은 경주 최 부잣집만 봐도 그렇다. 그 집 가훈에는 이런 내용이 들어 있었다고 한다. "흉년에는 땅을 사들이지 말고 근동 100리 안에 굶는 사람이 없도록 하라."

당시만 해도 흉년에 헐값에 나온 땅을 사들여 농민을 소작농으로 전락시키는 양반들이 많았으나, 최 부잣집은 절대 그러지 않았고 대신 곳간을 풀어 그들이 어려운 시절을 이겨낼 수 있도록 해주었다. 또 사들인 땅에서 나는 소출도 공정하게 분배하고 농민들이 더 많은 수확을 거둬들이도록 유도해, 자신의 부를 늘려가는 상생의 선순환을 만들어갔다.

이기적인 탐욕은 오래가지도 못하는 작은 이득을 줄 뿐이지만, 사람 간의 믿음을 쌓으면 오래가면서도 튼실한 큰 수확을 준다. 경제가 어렵다. 이런 때일수록 남의 것을 빼앗아 내 것을 불리는 대신, 모두의 것을 늘려가는 지혜가 필요하다.

"사람이 욕심 없이 살 수 없지요. 하지만 부정한 방법으로 욕심을 채워서는 안 되고, 남의 불행 위에서 자신의 행복을 찾아서도 안 됩니다." 수필가 피천득 선생의 말씀이다.

영화, 나의 멘토가 되다

지은이

박창욱

대학에서 영화광 친구 둘을 만났다. 모두 몇 편을 봤는지 전부 세어보지는 않았지만 그들과 함께 영화 보는 재미에 푹 빠져 지냈다. 하루에 서너 편을 연달아 본 날도 많았다. 영화를 보고 나면 자취방에서 밤새도록 친구들과 그 느낌을 함께 나누곤 했다. 아저씨가 된 지금, 대학 시절 그 재미나고 즐거웠던 추억이 그리웠다. 더 많은 사람들과 영화에 관한, 그리고 그 속에 담긴 인생에 관한 수다를 떨고 싶어 이 책을 펴내게 되었다.

1994년 증권사에서 사회생활을 시작했다. 자산 운용과 리서치 업무를 주로 했다. 그러다 2001년 나름대로 뜻한 바가 있어 전직, 현재까지 경제신문 ≪머니투데이≫에서 기자로 일하고 있다. 먹고살기 위한 일에서 좋아하는 글쓰기를 할 수 있는 직업으로 바꾼 것이었다. 기업 최고경영자CEO 200여 명을 인터뷰하면서 알게 된 그들의 역동적인 인생을 소재로 2권의 책을 쓰기도 했다.

영화, 나의 멘토가 되다

삶에 지친 나를 도닥이는 34가지 영화 이야기

ⓒ 박창욱, 2012

지은이 | 박창욱
펴낸이 | 김종수
펴낸곳 | 도서출판 한울

편집책임 | 이교혜
편집 | 조인순

초판 1쇄 인쇄 | 2012년 4월 15일
초판 1쇄 발행 | 2012년 4월 20일

주소 | 413-756 파주시 문발동 535-7 302(본사)
　　　 121-801 서울시 마포구 공덕동 105-90 서울빌딩 1층(서울 사무소)
전화 | 영업 02-326-0095, 편집 031-955-0606, 02-336-6183
팩스 | 02-333-7543
홈페이지 | www.hanulbooks.co.kr
등록 | 제406-2003-051호

ISBN 978-89-460-4594-1　03810

* 가격은 겉표지에 있습니다.